Tema libre

Alejandro Zambra

Tema libre

Edición de Andrés Braithwaite

EDITORIAL ANAGRAMA

BARCELONA

Ilustración: © Rachel Levit

Primera edición: mayo 2019

Diseño de la colección: Julio Vivas y Estudio A
© Alejandro Zambra, 2019
© EDITORIAL ANAGRAMA, S. A., 2019
    Pedró de la Creu, 58
    08034 Barcelona

ISBN: 978-84-339-9875-0
Depósito Legal: B. 9899-2019

Printed in Spain

Black Print CPI Ibérica, S. L., Torre Bovera, 19-25
08740 Sant Andreu de la Barca

Para Jazmina y Silvestre

I. Autorretratos hablados

CUADERNO, ARCHIVO, LIBRO

Voy a hablar sobre cuadernos, archivos y libros, sobre lápices, máquinas de escribir y computadores, pero también, de alguna forma, sobre el hecho de estar aquí, tanto tiempo después.[1] Quienes hace veinte años decidimos estudiar literatura en esta facultad, no teníamos tan claro lo que queríamos. Nuestras mayores pasiones eran leer y escribir, y la idea de que el placer coincidiera con el deber nos parecía maravillosa, pero hay que admitir que, para muchos de nosotros, estudiar literatura era también una manera de no estudiar derecho, de no estudiar periodismo: un modo de no hacer lo que nuestros padres querían que hiciéramos.

Casi todos escribíamos poemas o cuentos o algo que no era necesario, que ni se nos ocurría etiquetar. A la segunda o tercera semana de clases organizamos un recital que tuvo lugar en este mismo auditorio: pegamos carteles por todo el campus, varios alumnos de los cursos superiores y de otras

1. Conferencia leída el 18 de marzo de 2013, en la Facultad de Filosofía y Humanidades de la Universidad de Chile, en el marco de la inauguración del año académico, organizada por el Departamento de Literatura.

11

facultades asistieron, quizás apareció también algún profesor, el lugar estaba casi lleno, pero al final de la jornada no nos sentíamos felices, porque el público había sido frío y más bien mezquino. Entonces no sabíamos que en las lecturas de poesía y en los congresos literarios el público siempre es así: serio, adusto, secretamente liderado por los fruncidores de ceño, esa especie de tribu urbana dedicada a minar la seguridad de los oradores.

Tampoco sabíamos, pero nos enteramos pronto –en la medida en que crecía el rumor sobre lo mal que escribíamos los mechones–, que por el hecho de leer en público nos convertíamos en sospechosos. Querer escribir era un signo de optimismo, de ingenuidad: ya estaba todo dicho, la historia de la literatura oleada y sacramentada, había que ser muy inocentes para creer que podíamos agregar algo, que podía ser importante lo que intentábamos decir. «Desconfiar de todo / Desconfiar de todos / Desconfiar de ellos / Vivir en estado de sospecha», dice un poema sobre esos años escrito por Roberto Contreras, a quien conocí en marzo de 1994, el primer día de clases: recuerdo que nos acercamos a intercambiar información porque los dos teníamos el pelo largo y estábamos aterrados ante el posible mechoneo.

Incluso si se aceptaba que era legítimo escribir –querer escribir– nuestra generación seguía siendo sospechosa: sobre qué íbamos a hablar nosotros, que habíamos crecido como esos árboles que amarran a un palo de escoba: adormecidos, anestesiados, reprimidos. Teníamos vidas tan distintas, pero compartíamos la infancia en dictadura y ahora esta súbita supuesta democracia: un tiempo tan complejo, tan gris, con Pinochet aún al mando de las fuerzas armadas y en vías de convertirse en senador vitalicio. Estoy hablando de sospechas y no está de más recordar que en ese tiempo todavía era legal la detención por sospecha.

Quizás era cierto que estábamos dormidos, pero era como cuando descubrimos que estamos soñando e intentamos despertar, pero no podemos; sabemos, en el sueño, que con un poco de esfuerzo, como quien encuentra impulso en el fondo para salir a flote, podríamos despertar, pero no lo conseguimos. Ser jóvenes, ya está dicho, no era en este caso una ventaja, o al menos no lo sentíamos así, porque además estaba esa otra sospecha que siempre persigue a los estudiantes de literatura, a los lectores jóvenes, una sospecha por lo demás obvia, razonable: que no habíamos leído lo suficiente.

Así las cosas, teníamos que jugar el juego, aceptar el desafío, y algunos lo hicimos, porque en los años siguientes hubo un montón de cátedras memorables en que quisimos probar que leíamos mucho y bien, que podíamos caerles a los profesores con preguntas insólitas y oportunas. Estoy seguro de que nunca he vuelto a discutir sobre literatura con la pasión y la soterrada alegría de esos años. Y aunque realmente leíamos mucho, fingíamos que lo habíamos leído todo, que navegábamos con inverosímil soltura en la copiosa bibliografía, porque ya no queríamos soportar ese descrédito, esa sospecha, de nuevo, cada vez que hablábamos o procurábamos hablar de literatura.

Años después escribí un libro sobre unos estudiantes de literatura que fingían haber leído a Proust y los imaginé aquí, en esta facultad, de forma intuitiva quiero decir: no me movía el propósito de representar algo en concreto ni de transmitir ningún mensaje; más bien deseaba, mientras escribía, indagar en algunas imágenes, constituir o insinuar una presencia, y también homenajear a algunos autores que me habían movido el piso, autores tan distintos entre sí como son Juan Emar y José Santos González Vera, Yasunari Kawabata y Macedonio Fernández, María Luisa Bombal

13

y Felisberto Hernández. También quería, supongo ahora, habitar o construir una distancia, cubrir la melancolía con una pátina ligera, casi imperceptible, de humor, de ironía. Promediando ese texto aparece Gazmuri, un narrador que ha vuelto del exilio y que ha escrito una saga novelística sobre la historia del Chile reciente. El hombre necesita que alguien transcriba su última novela, manuscrita en unos cuadernos Colón, dado que su mujer, quien solía encargarse de ese trabajo, ya no quiere hacerlo. El candidato es Julio, que ha leído con atención las novelas del viejo Gazmuri, a quien admira. En la entrevista hablan sobre la novela y también sobre la escritura. Gazmuri le pregunta a Julio si es escritor, si escribe a mano, y termina descalificándolo, o menospreciándolo. Los jóvenes no conocen la pulsión que sucede cuando se escribe a mano, le dice. Le habla de un ruido, de un equilibrio raro entre el codo, el lápiz y la mano.

Gazmuri era la tradición, la experiencia, la legitimidad: el que había vivido, el que había escrito. Y a Julio le tocaba ser el secretario, el transcriptor, en el mejor de los casos el comentarista. A un lado estaba el escritor viejo que termina su carrera como la mayoría de sus colegas, exitosos o no, es decir pontificando contra el presente, y deslizando la posibilidad de haber sido el último o el único, como si quisiera llevarse la literatura a la tumba, para que nadie más escriba. Al otro lado estaba el desafío de los escritores jóvenes, de los aprendices, como Julio, como nosotros: encontrarse con el peso de las palabras, reconquistar su necesidad, incluso cuando sabemos que se han vuelto todavía más transitorias, más perecederas, más borrables que nunca.

Las sospechas perviven, solo varían de signo o de énfasis. Las generaciones actuales, por ejemplo, crecieron leyendo y escribiendo en la pantalla, y lo más fácil es apelar a eso para descalificarlas: se dice que no poseen la experiencia del libro, lo que convertiría a los jóvenes en lectores de segunda o tercera clase, porque manejan una idea distinta de la lectura, porque para ellos la literatura es sinónimo de *texto* más que de *libro*. Me interesan posiciones más abiertas a los matices, como la de Roger Chartier, quien pone en perspectiva histórica los cambios y advierte que no deberíamos desdeñar las nuevas formas de escribir y de leer provocadas por la revolución digital.

Comparto el temor ante la presunta desaparición de los libros de papel, pero también suscribo el fervor ante el efecto democratizador de los libros electrónicos. No podría ser de otro modo, porque, como casi todos los de mi generación, crecí leyendo fotocopias: en la primera versión de mi biblioteca había algunos libros, pero los mayores tesoros eran los anillados de Clarice Lispector, de Emmanuel Bove, de Roland Barthes o de Mauricio Wacquez. Y las fotocopias de *La nueva novela,* de Juan Luis Martínez, de *Proyecto de obras completas,* de Rodrigo Lira, o de cualquier libro de Enrique Lihn nos parecían más valiosas que alguna onerosa primera edición de Neruda.

Otra cosa que sucedía en esa primera mitad de los noventa era la masificación de los computadores, a la que en cierto modo nos resistíamos: no éramos nativos digitales, también en ese aspecto fuimos transición. La mayoría todavía entregaba los trabajos mecanografiados y a veces manuscritos. Nos costaba imaginar que los poemas y cuentos pudieran escribirse directamente en el computador. Quizás entendíamos que esos textos largos y llenos de borrones, pergeñados en el cuaderno o en la croquera, *eran* el poema; que esas manchas de vino o de ceniza también formaban parte del asunto. Pasarlo al computador, pasarlo en limpio, era someterlo a una pérdida importante, a un adelgazamiento: era aceptar que el poema estaba terminado, que estaba muerto.

Crecimos aguantando las interminables sesiones de caligrafía, llenando con paciencia las cinco o diez planas que nos daban de tarea: fuimos los últimos o los penúltimos que ejercitamos de verdad la mano, porque para nosotros escribir alcanzó a ser plenamente, solamente, escribir a mano. Educados, al fin y al cabo, a la antigua, en algún momento de la infancia creímos que ser buen alumno era tener buena letra y buena memoria: muchas clases consistían únicamente en profesores dictando materias que quizás ni ellos mismos comprendían. No digo que eso haya dejado de ocurrir. Me temo que, a pesar de reformas y contrarreformas educacionales, todavía hoy, en numerosos colegios de Chile, el profesor dicta, los alumnos escriben y nadie entiende nada: las palabras pasan y nadie las disfruta, nadie las vive. Y si un alumno interrumpe es solo para pedir, con la mano dolorida, «espere, profe, espere».

Lo que con seguridad ha cambiado es la letra, y eso es evidente cuando nos toca corregir pruebas: predominan unos verdaderos jeroglíficos, signos temblorosos, intrincados, ininteligibles. No es una queja, en todo caso: yo mismo me identifico con esos garabatos, pues nunca conseguí fraguar la letra sofisticada, fluida y trabajada que abunda en mi generación y mucho más en las predecesoras. Aunque nunca dejé de escribir a mano, mi letra no mejoró. Probablemente todas mis cartas terminaban con esta advertencia: perdona la letra.

En sus novelas *El discurso vacío* y *La novela luminosa,* Mario Levrero aborda estos asuntos de manera lúcida e inusual. *El discurso vacío* congela el momento en que, por falta de ejercicio, empezamos a desconocer nuestra propia plana. La anécdota debería ser célebre: ya que no podía cambiar la vida, el protagonista intenta cambiar la letra, por lo que se dedica a rellenar cuadernos procurando «reformar» su prosa manuscrita. Esta, como él dice, «autoterapia grafológica» no obedece, en apariencia, a un desafío literario: no pretende concretar el «libro sobre nada» que quería Flaubert, ni vindicar el método surrealista, sino indagar en la relación entre letra y personalidad. «Debo permitir que mi yo se agrande por el mágico influjo de la grafología», dice, y enseguida precisa, cómicamente, su razonamiento: «Letra grande, yo grande. Letra chica, yo chico. Letra linda, yo lindo.»

A pesar del bullying, seguimos escribiendo. Estoy exagerando, por supuesto, porque algunos espacios había, a veces tan valiosos como el polifónico taller de poesía Códices, que dirigía Andrés Morales, donde conocí a algunos amigos que me acompañan hasta ahora. Entonces la única forma de dar a conocer nuestros escritos era aún la forma impresa, y como es natural soñábamos con publicar libros: pronto lo hicimos, en ediciones que financiábamos pidiendo plata a los amigos, tirajes pequeños que pasaban de mano en mano.

En ese tiempo había en *El Mercurio* una sección llamada «Libros recibidos», en que simplemente se constataba la existencia de una obra, nada más: autor, título, editorial, número de páginas. En la mayoría de los casos ese era el punto más alto en la historia de la difusión de esos libros.[2]

2. Una de mis compañeras en el Magíster en Literatura de la Universidad de Chile era la periodista Carolina Andonie, que entonces trabajaba en *El Mercurio*. Cuando supo que yo había publicado mi primer libro, ella misma se acercó a pedirme un ejemplar para esa

Digo esto porque la generación siguiente a la nuestra ya tuvo blogs y fotologs y páginas web y redes sociales donde colgar los poemas, los manifiestos y contramanifiestos, las estratégicas reseñas, las listas de filias y fobias, las peleas y las calurosas reconciliaciones que animan la vida de toda generación literaria. Nosotros llegamos tarde a eso, no lo entendíamos bien: nuestras peleas eran feroces, éramos tanto o más alcohólicos que el poeta chileno promedio, pero no alardeábamos. Comparados con los más jóvenes, éramos más tímidos, más tartamudos y quizás también más orgullosos, porque nos parecía irritante la idea de promovernos, de mostrarnos, de apelar discursivamente a la juventud, o de acosar a los rockstars de la poesía chilena pidiéndoles los invariables prólogos, las consabidas cartas de recomendación.

Y seguíamos creyendo en el papel y buscando ahí una posible y esquiva legitimidad. Seguíamos, por así decirlo, leyendo los diarios, tardamos en darnos cuenta de que la prensa se encaminaba a perder la importancia tremenda que había tenido hasta entonces. Y aún escribíamos a mano, en cuadernos, epigonal, silenciosamente. Y odiábamos los computadores.

No, no los odiábamos, yo menos que nadie: soy hijo de un informático y de una digitadora, por lo que puedo decir,

---

sección de libros recibidos. Se lo entregué gustoso, por supuesto, y compré *El Mercurio* durante varios meses antes de aceptar que mi libro no sería mencionado. Ahora me parece obvio que, después de hojear mi horrendo y prescindible poemario, Carolina decidió misericordiosamente que era mejor ayudarme a ocultarlo, pero entonces, sumido en el melodramatismo de esos años, no comprendí el gesto. Además de injusto y caricaturesco, mi rencor hacia Carolina fue duradero, como prueba un sueño relativamente reciente en que ella asistía a una multitudinaria fiesta en mi casa y yo pensaba, abrumado: pero si yo no la invité.

sin temor a equivocarme, que les debo la vida a los computadores. Si me resistía era porque para mí representaban lo establecido, lo dado, lo obligatorio: lo contrario a la escritura. Y sin embargo también, en otro sentido, intentaba entender los programas, y queriéndolo o no siempre terminaba apoyando las causas con labores de diseño o transcripción. En aquella lectura de 1994, fui yo el encargado de diseñar los carteles en un rudimentario Page Maker y algunos años después diagramé, para La Calabaza del Diablo, la editorial que intentaba formar mi compañero de curso Marcelo Montecinos, la primera novela de otro compañero y amigo, Jaime Pinos.

Cuando iba, de niño, al trabajo de mi padre, él me mostraba los inmensos computadores del área de Sistemas esperando, de mi parte, una reacción maravillada, y yo fingía interés, pero apenas podía me iba a jugar a la recepción con las máquinas de escribir que allí había, una eléctrica que me parecía milagrosa y una Olivetti convencional, que también me gustaba y que conocía bien, porque en mi casa había una similar, que mi madre conservaba celosamente. Podría decir, entonces, haciendo un poco de trampa, que mi padre era un computador y mi madre una máquina de escribir.

La máquina era un objeto aurático, complejo pero explicable, descifrable, querible. El artificio evidente del papel calco, el típex, el gesto minucioso al aplicar el corrector: me gustaba adivinar los errores, buscarlos en la superficie del papel, en una hoja que se daba por buena pero que contenía esas vacilaciones que a la postre le añadían una cierta humanidad.

«Nuestras herramientas de escritura también trabajan sobre nuestros pensamientos», decía Nietzsche, que con la adopción de la máquina de escribir, en el último tramo de su vida, cambió «los argumentos por aforismos, los pensamientos por juegos de palabras, la retórica por el estilo telegráfico», según dice Friedrich Kittler en su estudio *Gramophone, Film, Typewriter*. Desde *Tom Sawyer* –la primera novela escrita a máquina en la historia de la literatura–, pasando por los trabajos de poetas como e. e. cummings y bpNichol (entre tantísimos otros), hasta el consabido final vintage, las máquinas de escribir modificaron la producción literaria profundamente y en diversos sentidos. La velocidad, por ejemplo: a fines de los años cincuenta, José Donoso era todavía muy lento tipeando, pero justamente por eso, cuando creía que un texto requería una velocidad distinta, escribía directo en la máquina. Mucho más rápido era Jack Kerouac, que escribió *On the Road* en un rollo de papel continuo, para no perder la inspiración mientras cambiaba de hoja. Truman Capote distinguía entre escritores y «tipeadores», categoría esta última que al parecer abarcaba al propio Kerouac y a todos los beatniks, a juicio de Capote más empeñados en la farragosa acumulación de frases que en verdaderas búsquedas estilísticas.

Todavía hay, por cierto, escritores que se niegan a pasarse al computador, como Cormac McCarthy, Don DeLillo o Javier Marías. En *The Story of My Typewriter*, Paul Auster declara su amor a una antigua Olympia portátil y la guerra no a los computadores, sino a las máquinas de escribir eléctricas, debido al «continuo zumbido del motor, el discordante soniquete de las piezas, la cambiante frecuencia de la corriente alterna vibrando en los dedos».

En la quinta parte de *2666*, la torrencial novela de Roberto Bolaño, el escritor Benno von Archimboldi arrienda una máquina para transcribir sus primeras novelas, pero cuando se queda sin plata decide pedirle un anticipo al señor Bubis, su editor. Asombrado de que el narrador no tenga una máquina de escribir, Bubis le envía una de regalo y con ella avanza Archimboldi a lo largo de libros y viajes. «A veces se acercaba a las tiendas que vendían ordenadores y les preguntaba a los vendedores cómo funcionaban», dice el narrador, «pero siempre, en el último minuto, se echaba atrás, como un campesino receloso con sus ahorros.» Cuando aparecen los computadores portátiles, sin embargo, Archimboldi sí compra uno y el destino de aquella mítica Olivetti en la que había escrito sus primeros libros es más o menos el de todas las máquinas: «¡Se acercó al desfiladero y la arrojó entre las rocas!»

Es distinto lo que sucede en la novela *Moo Pak,* de Gabriel Josipovici, en la que el escritor Jack Toledano habla contra los computadores. Cuando sus amigos le advierten que con los procesadores de texto podría jugar con las frases, él responde que no quiere jugar con las palabras, que por eso dejó de escribir a mano: «En la época en que escribía a mano podía pasarme el día jugando con una frase o hasta con un párrafo, poniéndolos del derecho y del revés, y cuando finalmente lograba que sonara como quería, el día tocaba a su fin y yo estaba rendido.» Con una máquina de escribir, en cambio, «uno tiene que avanzar, tiene que seguir tecleando, y esa fue mi salvación».

Como observa el personaje de Josipovici, en más de un sentido escribir en computador se asemeja bastante a escribir a mano. La escritura a máquina es considerada, sin embargo –acaso por efecto del mito, por la imagen romántica promovida en las películas–, más genuina, más auténtica que la escritura en computador.[3]

---

3. En *Últimas noticias de la escritura* –un libro precioso que me gustaría citar entero a pie de página–, Sergio Chejfec puntualiza: «Esa condición flotante de la escritura sobre la pantalla me hace pensar en ella como poseedora de una entidad más distintiva y ajustada que la física. Como si la presencia electrónica, al ser inmaterial, se hermanara

Publicada en 2005, un año después de la muerte de Mario Levrero, *La novela luminosa* es una obra extraña desde su origen. El autor empieza a escribirla en 1984, a los cuarenta y cuatro años, en vísperas de una operación a la vesícula. Debido al miedo que le provoca entrar a pabellón, precipita la novela hasta el séptimo capítulo. La operación es un éxito, pero de vuelta en casa el autor comprueba que la novela es un fracaso: quema dos de los siete capítulos y el libro queda inconcluso, en calidad de proyecto imposible.

Dieciséis años más tarde, sin embargo, la Fundación Guggenheim aprueba el proyecto y Levrero es becado para dedicarse por entero a la escritura. Es, ahora, agosto de 2000, y el escritor avanza como buenamente puede: poco, nada. Y es que no consigue regresar, no logra legitimar la vieja idea: «La inspiración que necesito para esta novela no es cualquier inspiración», dice, «sino una inspiración determinada, ligada a sucedidos que yacen en mi memoria y que debo revivir, forzosamente, para que esta continuación de la novela sea una verdadera continuación y no un simulacro. No quiero usar mi oficio. No quiero imitarme a mí mismo. No quiero retomar la novela ahí donde la dejé hace dieciséis años y continuarla como si no hubiera pasado nada. Yo he cambiado.» El fragmento recién citado figura en «Diario de la beca», un archivo que el autor comienza en calidad de estímulo para la escritura, pero que muy pronto cobra un obligado vuelo propio. Casi la totalidad de la novela será el registro de la imposibilidad de escribirla.

En «Diario de la beca», Levrero enumera sus distracciones, que son muchas, todas muy atendibles: leer o releer

---

mejor a la insustancialidad de las palabras y a la habitual ambigüedad que muchas veces evocan.»

antiguas novelas policiales, emprender tímidos paseos en compañía de una mujer que ha dejado de amarlo, y comprar un sillón verdaderamente confortable. Sin duda es más fácil comprar un sillón que escribir la esquiva novela, pero a Levrero le cuesta un mundo decidirse entre un modelo celeste-grisáceo (ideal para dormir) y un atractivo bergère (ideal para leer), y termina comprando los dos. Luego, enfrentado al insoportable calor de Montevideo, comprende que le será difícil dormir o leer o escribir sin aire acondicionado.

Del mismo modo que *El discurso vacío* apunta a la difícil plenitud de lo manuscrito, *La novela luminosa* asume la bastardía del texto-tecla, pues el computador se transforma, con ventaja, en uno de los personajes principales. Levrero anota incluso sus discusiones con el corrector ortográfico –que admite la palabra *coño* pero no la palabra *pene,* y que cuando el autor escribe *Joyce* sugiere cambiarlo por *José*–, es un consumado jugador de solitarios y sabe lo suficiente de Visual Basic como para quedarse hasta las nueve de la mañana ideando un programa que le avise que es hora de tomar el antidepresivo. A veces escribe a mano simplemente para castigarse por el abuso del computador; otras veces acepta su adicción y la disfruta. El momento más feliz del libro se da cuando el narrador anota, eufórico: «¡¡¡¡¡¡Arreglé el Word 2000!!!!!!»

La edición uruguaya de *La novela luminosa* suma quinientas y tantas páginas: las cuatrocientas de «Diario de la beca» (incorporadas en calidad de gigantesco prólogo) más las escasas carillas escritas en 1984 y un notable capítulo-cuento titulado «Primera comunión», único resultado «real» del bendito año Guggenheim. Figura, además, un breve epílogo en que Levrero manifiesta sus dudas respecto a la naturaleza del libro: «Me hubiera gustado que "Diario de la beca" pudiera leerse como una novela; tenía la vaga esperanza de que todas las líneas argumentales abiertas tuvieran alguna forma de remate. Desde luego, no fue así, y este libro, en su conjunto, es una muestra o un museo de historias inconclusas.» Pero enseguida, contraviniendo su propia sentencia, el autor da cuenta de la evolución de algunas de esas líneas. Persisten, en aparente dispersión, algunas acciones o incidentes cuya recurrencia dota al proyecto de una cierta unidad. Si bien prevalece el carácter inconcluso que señala Levrero, las líneas argumentales sí se cierran.

Levrero –autor o personaje– no deja de indagar en la (nueva) materialidad de la escritura: nunca se acostumbra al computador, pero tampoco lo desdeña, del mismo modo que no conseguía, en *El discurso vacío,* reformar su prosa manuscrita. En una entrevista con Álvaro Matus, Levrero dice que su novela *La ciudad* es un plagio a Kafka: «Leía a Kafka de noche y escribía de día, tratando de parecerme. Creía que era la forma de escribir. Me salió mal, pero mi intención no se nota tanto. Yo quería hacer algo así como traducir a Kafka al español.» Todavía en *La novela luminosa* abundan observaciones que recuerdan momentos del diario de Kafka, pero un Kafka que escribe en Word 2000 (y lo arregla).[4]

A mediados de 1999 compré (o más bien *saqué,* porque fue en treinta y seis o quizás en cuarenta y ocho cuotas) uno de esos computadores inmensos que corrían con Windows 95, y no sé si ese invierno fue tan terrible como lo recuerdo pero yo no estaba suficientemente aperado, así que tomé la costumbre de temperarme las manos en la CPU, y hasta un

4. También en *Últimas noticias de la escritura,* Sergio Chejfec recuerda haber pasado tardes enteras transcribiendo relatos de Kafka: «Creía que algo de la literatura de ese autor se impregnaría en mí gracias a la transcripción.»

par de noches la metí en mi cama y dormí abrazado a ella. Me gusta esa imagen: un objeto que entonces parecía muy sofisticado termina sirviendo a un propósito tan básico como el abrigo. Años después incluí esa anécdota en «Recuerdos de un computador personal», un relato que escribí con la idea de mostrar a los computadores como objetos de época, como adelantos superados. Era un modo elíptico, también, de hablar sobre las generaciones literarias, pues por entonces todavía algunos escritores insistían en el computador como emblema de lo nuevo: pensé que tenía gracia demostrar o al menos mostrar la obsolescencia de esas máquinas (y de esos discursos).

No creo que una función de la literatura sea imaginar el iPhone 18, pero sería absurdo comportarse como si los periódicos cambios tecnológicos experimentados en los últimos treinta años no hubieran alterado nuestra experiencia del mundo, nuestra vida cotidiana y nuestra forma de escribir.

¿Cambiaron las novelas cuando empezamos a escribirlas en computador? Claro que sí, pero habría que ver de qué manera. Se dice que antes era más difícil escribir un libro, pero eso es entender la escritura como una actividad física, como si la novela fuera mejor cuantas más calorías hubiera perdido el autor al escribirla. Es como cuando los críticos no se atreven a reseñar negativamente un libro porque tiene muchas páginas y ha debido suponer un gran esfuerzo escribirlas. También se dice que ahora es más fácil o más frecuente empezar escribiendo el final o cualquier frase de en medio, pero la verdad es que ningún novelista estuvo nunca obligado a empezar por la primera frase del primer párrafo del libro.

¿Habría tardado menos Flaubert cortando y pegando como condenado, maravillado con esos comandos que permiten buscar y reemplazar, detectar cacofonías y toda clase de recurrencias, en busca de la perfección? Quién sabe. Es innegable, por otra parte, que los procesadores de textos sistematizaron la lógica del montaje. Algunos escritores piensan que la manera de ser o parecer modernos (o posmodernos o lo que sea) es adoptar, en sus escritos, estructuras propias de los blogs o de los chats. Pero hasta en los textos más conservadores se adivina el montaje: incluso si se niega toda fragmentariedad, incluso si, como hace Jonathan Franzen, imitamos brillante y escrupulosamente el paradigma clásico, el texto le debe más a la estética de las vanguardias históricas que al modelo del realismo decimonónico. Hoy más que nunca el escritor es alguien que construye sentido juntando pedazos. Cortando, pegando y borrando.

Por mi parte, pienso que hay un hecho central: debido a los computadores, el texto es cada vez menos definitivo. Una frase es hoy, más que nunca, algo que puede ser borrado. Y es tal la proliferación de frases que la nuestra debe gustarnos mucho para permanecer. Al escribir me valgo de varios procedimientos, y aunque el texto consiga proyectar –ojalá– una cierta unicidad, la multiplicidad de su origen es decisiva: la frase ha debido pasar por varias pruebas para certificar su derecho a existir, para demostrar que vale la pena agregar algo a la palabrería imperante. Escribo muchísimo a mano y después en computador, pero a veces paso a mano lo que escribo en la pantalla. Agrando y achico la letra, cambio la tipografía, el interlineado y hasta el espacio entre los caracteres, como quien intenta reconocer un mismo cuerpo en diferentes disfraces. Y leo en voz alta, todo el tiempo: grabo y escucho los textos, porque me parece que una frase debe pasar también por esa prueba de sonido.

Soy lentísimo, me demoro una enormidad en dar por buena una frase, soy casi incapaz de dar por terminado un texto. Y me cuesta imaginar otra forma de escribir, una forma pura o menos expuesta a la impureza. Y cuando recibo el libro impreso, cuando lo encuentro en el correo, la felicidad de recibirlo rivaliza con una especie de duelo: pienso, con el libro en las manos, tontamente, melancólicamente, que no podré escribirlo nunca más.

EL NIÑO QUE ENLOQUECIÓ DE AMOR

«Tengo mucha pena y quisiera tener más», dice el protagonista de *El niño que enloqueció de amor*. Me gusta esa frase, por su crudeza simple, reconocible. Se dice que esta brevísima novela de Eduardo Barrios, publicada hace casi exactamente cien años,[1] ha envejecido mal, y es curioso ponerlo así, como si fueran los libros y no los lectores los que envejecen. *El niño que enloqueció de amor* es un clásico chileno, más precisamente un clásico escolar, y como tal ha debido enfrentar las preguntas de miles o millones de lectores primerizos; en el momento de su publicación fue considerado un libro polémico, valiente y perturbador, y quizás la primera pregunta sería cuánto de ese poderío ha perdido en el camino.

Pero no escribo esto para responder esa pregunta. Leí *El niño que enloqueció de amor* a los nueve años y por supuesto que me gustaría saber quién era yo entonces: quién

1. Conferencia leída el 10 de diciembre de 2014 en la Biblioteca Nicanor Parra de la Universidad Diego Portales, en el marco del seminario «¿Qué leer? ¿Cómo leer? Lecturas de juventud», organizado por el Ministerio de Educación.

era el niño que, en 1984, leyó la historia de ese otro niño que enloqueció de amor. De esa primera lectura recuerdo solo esa frase y el nombre de la inaccesible Angélica y algo de la historia, probablemente tergiversada o acomodada en mi memoria. Y recuerdo que me gustó mucho, aunque luego, en algún momento de la juventud, pensé que si volviera a leer la novela ya no me gustaría tanto, ya no *debería* gustarme tanto. Igual hablamos demasiado sobre los vaivenes del gusto, casi siempre anclados en un sentimiento o en una convicción de superioridad. Se supone que ahora leemos mejor, o al menos eso creemos y queremos creer. ¿Cómo lidiar con esa convicción de superioridad? ¿Cómo combatirla o combatirse?[2] Incluso si añoramos la inocencia o la infancia, surge el despropósito de estar hablando, aquí y ahora, desde una supuesta estabilidad. Nos pasamos la vida improvisando frases para el bronce, precipitando conclusiones, simulando integridad y disimulando gerundios, como si de verdad fuéramos sólidos, como si ya estuviéramos completamente hechos, formados; como si leer ahora *El niño que enloqueció de amor* fuera un acto en esencia más genuino, más verdadero que la lectura de los nueve años. Escribimos y leemos como si nunca fuéramos a renegar de lo que pensamos, de lo que somos ahora. Y es mejor que sea esa la pulsión, porque de otro modo no escribiríamos, seguiríamos pegados en el silencio, pero no está de más recordar que cuando hablamos sobre la infancia o sobre la adolescencia exhibimos en primer lugar, y a veces únicamente, nuestra implacable capacidad de olvido.

2. «Combatir es no ser capaz de combatirse», dice Fernando Pessoa.

29

A los veintitrés años hice clases, por primera vez, en un colegio. Como no había estudiado pedagogía, mi única opción era buscar trabajo en colegios privados. Por eso fui a dar a un colegio en Curicó. Debía viajar dos veces por semana para enfrentar a unos estudiantes de segundo, tercero y cuarto medio que eran completamente indiferentes a cualquier cosa que yo les dijera y que demostraban esa indiferencia tirándome papeles a la cara. Pero igual había una alumna, en tercero medio, que me ponía atención. Y yo la cuidaba, claro. Toleraba humillaciones numerosas y constantes, así que la comparecencia en la primera fila de una alumna que me escuchaba con atención me parecía una cierta cortesía del destino, acaso una señal esperanzadora, aunque suponía que la alumna ponía atención en todas las asignaturas, no solo en mi clase: que me escuchaba porque esa era su costumbre, no porque yo lo mereciera o le interesara especialmente lo que decía.

Una mañana abrí la sesión preguntándoles si habían empezado a leer *La metamorfosis*. Por supuesto sabía la respuesta: noooooooooo, que dio paso a la dispersión de gritos y a una intimidante serie de conversaciones simultáneas. Conocía y deseaba esa respuesta, porque craneaba la prueba más difícil del mundo, la prueba que coronaría mi momentánea pero radical venganza con una hilera sangrante de rojos en el libro de clases. La única que respondió que sí había leído el relato de Kafka fue por cierto esa alumna semirrespetuosa que siempre me escuchaba. Le pregunté si le había gustado y respondió de inmediato, categóricamente, que no, que cómo iba a gustarle un libro sobre un tipo que una mañana despierta convertido en un bicho. Es asqueroso, me dijo: eso nunca pasó, es totalmente irreal. Es que es una metáfora, le dije, después de tragar un poco de saliva. Me preguntó por qué, o quizás me preguntó de qué. ¿Tú nunca te has sentido como un bicho?, la interpelé. ¿Nunca has sentido que tus papás no te pescan, que eres un estorbo para los demás? La niña se puso a llorar. Y no como en las películas. En las películas las lágrimas salen de a poco, de a una, como los tímidos afluentes de un río tímido. Pero ella se echó a llorar como lloran los niños: primero una expresión confusa y breve de desconcierto y luego la explosión de mocos y lágrimas. Me impresionó su reacción, aunque lo único de verdad impresionante era mi salida de madre. Demasiado tarde pensé que quizás la niña acababa de perder a un familiar y que otros diez o veinte escenarios podrían haber multiplicado por mil la crueldad de mi frase. No era así, al parecer, pero había tocado una vena. Y había trasladado mi sensación de lastre. Porque era yo el que se sentía como un bicho. Era yo el que con mayor intensidad que nadie en esa sala deseaba estar en otra parte. Era yo el que cada vez que podía se encerraba en el baño de profesores no a llorar pero sí a fumar, que es un placer genial y sensual y todo eso, pero que a veces se parece bastante a llorar. Aquí termina la historia. Me gustaría decir que la niña se volvió adicta a la lectura y que ahora cursa un posdoctorado en Kafka o en Clarice Lispector o en Robert Musil o por último en Haruki Murakami, pero no creo. No lo sé, la verdad. Lo único que luego supe de esos niños fue que tres o cuatro años después una de mis alumnas –otra, de las más desordenadas– figuró entre las finalistas de Miss Chile. Igual me sentí orgulloso, no me acuerdo si salió segunda o tercera.

«Que otros se jacten de las páginas que han escrito; a mí me enorgullecen las que he leído», dijo célebremente Borges, con la amable modestia de quienes saben que han escrito páginas perdurables. Algunos, casi todos, le creyeron.

El gesto de definirse más como lector que como escritor es elegante y persuasivo. Ante preguntas rotundas e inoportunas, es mejor retroceder la cinta al tiempo en que descubrimos, en los libros, un arraigo. Es una zona segura o menos insegura. Asoma, de este modo, una vida donde algo estable (la lectura) lidia con algo inestable (la escritura). Como escritores cambiamos todo el tiempo, por eso publicamos un segundo, un tercer, un vigésimo libro: porque el primero no bastó o porque necesitamos, cada vez, la complicidad de un nuevo proyecto, la vitalidad de lo informe. Dejamos atrás los libros que escribimos porque nos refrenan, porque comunican una sensación de «obra» que es más que nada un lastre. Como lectores, esa dimensión es incierta. Reconocemos libros que nos cambiaron la vida y tendemos a ser fieles al recuerdo de esas lecturas. Pero también cambiamos como lectores, a veces radicalmente.

Dicen que nos convertimos en escritores cuando dejamos de identificarnos con el protagonista y empezamos a identificarnos con el autor. No con el narrador, sino con el autor: con la persona que fue capaz de multiplicarse en unos cuantos personajes, de diseñar minuciosamente el edificio novelesco. Me gusta esa idea, que sin embargo supone una derrota: llega, en efecto, un momento en que dejamos de identificarnos con el protagonista, porque atendemos más bien a las señas estructurales, a los detalles técnicos, pero quizás sea mejor decir, simplemente, que ya no buscamos lo que antes buscábamos. No por eso somos mejores lectores, aunque, bendecidos por las credenciales de la docencia o el ceño fruncido del crítico literario o los tics del escritor, lo parezcamos, lo parecemos.

El niño que enloqueció de amor no fue para mí una lectura obligatoria, al contrario: como dice Wisława Szymborska, fue una de mis primeras lecturas no obligatorias, uno de los primeros libros que leí en completa libertad, sin más propósito que entretenerme. En la vida de todos los lectores está ese primer momento. Cuando se dice que a un niño le gusta leer, lo que en rigor se dice es que le gustan ciertos libros, porque –esto suena a trabalenguas– si esos libros no estuvieran disponibles y hubiera otros y esos otros no le gustaran, a ese niño no le gustaría leer. Me parece importante aceptar un momento en que leíamos para entretenernos, sin que nadie nos dijera que los libros nos convertirían en mejores personas o que fortalecerían nuestra imaginación o nuestro espíritu –todas esas cosas que suenan tan desesperadas en las campañas de promoción de la lectura. Nadie leía en mi casa, pero de pronto llegaron unos libros y yo miré los títulos y elegí uno que se llamaba *El niño que enloqueció de amor*. Y aunque era un libro triste, si alguien me lo hubiera preguntado –tal vez alguien efectivamente me lo preguntó– yo habría dicho que era bueno. Quizás hubiera dicho que era divertido, pero no para banalizarlo. Quisiera saber si lloré leyéndolo. Creo que es algo que podría recordar. Pero no lo sé.

Están las primeras lecturas no obligatorias. Están los libros que leímos cuando ya nos gustaba leer, cuando leer era ya un hábito. Están los libros que leímos porque había que leerlos y comentarlos. Están los libros que leímos porque alguien nos los recomendó. Esto es importante. Alguien nos dijo: «lee este libro, te va a gustar». Quizás la frase implícita era: «lee este libro, te va a gustar, a mí no me gustó, a mí me pareció una mierda, pero a ti te va a gustar». O bien: «lean este libro, que me aburrió profundamente, pero como ustedes son niños y no saben nada, como no tienen experiencia de la vida ni formación intelectual, les va a gustar». Creo que ahí está el borde. Lo que voy a decir es absolutamente obvio, pero tiene sentido enfatizarlo, porque a menudo se olvida: un profesor nunca debería trabajar con obras que no le interesen, con libros que no le parezcan, en algún sentido, relevantes. No relevantes para la historia de la literatura, eso da lo mismo. Relevantes para su vida. Un profesor nunca debería dar a sus estudiantes libros que entiende del todo. Debería compartir con sus alumnos los libros que le parecen fascinantes justo porque no los entiende a cabalidad.

Eso es clave, pienso yo: lo que nos importa de un libro está asociado a la sensación de que hay algo que no entendimos del todo. La felicidad de la lectura está asociada a la posibilidad de la relectura. A que sabemos que el libro seguirá ahí, que podremos volver a leerlo. La mejor situación pedagógica, la situación ideal, es el diálogo entre dos personas que poseen un conocimiento dispar acerca de un libro, un conocimiento que pone en juego una vida entera, y que por lo mismo no puede legitimarse en clave jerárquica. Siempre me ha resultado antipática la imagen del profesor sabelotodo. Y el comienzo irremontable de esa antipatía está en la escena del profesor que les pregunta a sus estudiantes qué han leído, y como ellos no responden o responden que, en el fondo, ningún libro les ha interesado mayormente, partimos mal. En el mejor de los casos, los estudiantes aceptarán el desafío intelectual. En el mejor y en el más infrecuente de los casos.

No puedo imaginar una situación de lectura más adversa que la antesala de un examen: qué me van a preguntar, tengo que fijarme en todo. De la incertidumbre pasamos a certezas parciales, que quizás nos enorgullecen: tengo que fijarme en los personajes secundarios, en las palabras raras, siempre preguntan eso, tengo que conseguirme los exámenes de años anteriores, los cuestionarios, las guías, de manera que la lectura se va funcionalizando, y lo importante es la prueba, el rendimiento. Con los años se vuelve cada vez peor. Leemos, en la universidad, para sentirnos validados por los profesores, o bien para desafiarlos, y más tarde, convertidos ya en profesores, leemos procurando que ningún alumno puntudo nos pille desprevenidos, porque cargamos con la responsabilidad de saberlo todo. Competimos con ellos, vivimos a la defensiva, y quizás lo único que realmente les enseñamos es a competir.

Supongo que nadie empieza a leer para convertirse en profesor o en crítico literario o en escritor. No entiendo por qué la idea de entretención ha llegado a significar, para buena parte de los lectores, banalidad. Está más que claro que no nos entretenemos todos con lo mismo. Cuando digo que una novela de Roberto Ampuero me parece aburrida, quiero decir exactamente eso: que leyéndola me aburrí. Y seguro que alguien podría objetar mi idea de la entretención. Hace tres años, por ejemplo, dejó de gustarme la literatura. Yo sé que esto suena muy dramático, pero qué le vamos a hacer, así fue, no sé cuánto duró, quizás dos meses. Llevaba casi una década escribiendo en la prensa chilena, primero en un diario, luego en otro y otro: como estamos en Chile, donde hay más o menos tres diarios y aproximadamente dos revistas, durante esos diez años escribí en toda la prensa chilena. Al comienzo era un trabajo ideal, pero se fue volviendo cada vez menos placentero: ya no toleraba la obligación de estar al día, pero sobre todo esa sensación de que, más temprano que tarde, lo que leía desembocaría en un texto. Había convertido el ocio en negocio, en obligación. Había contaminado irremediablemente el espacio de la lectura y de la escritura. Porque las columnas de cada domingo eran mis controles de lectura, mis pruebas coeficiente dos, mis exámenes semanales. Leía para opinar, para tener algo que decir a la hora del postre.

Dejé de escribir en diarios, y fue una de las mejores decisiones que he tomado en la vida. Necesitaba despojar el espacio de la lectura de toda pulsión obligatoria. A partir de entonces volví a ser un lector caprichoso, y abandoné la costumbre de terminar, a como diera lugar, los libros. Me da vergüenza decirlo así, es muy sencillo, es el criterio más sencillo imaginable, el más visceral: si me aburro, lo dejo. Por supuesto que es difícil establecer de qué me aburro, pero lo cierto es que apenas me aburro cierro el libro, probablemente para siempre.

Lo que ahora espero, como lector, es justo lo que buscaba a los nueve años: no aburrirme. Puedo decirlo de manera un poco más sofisticada: lo que busco es olvidar que estoy leyendo. Olvidarme de mí, y como soy escritor supongo que eso pasa, también, por olvidarme de que soy escritor. Lo que busco es caer en la trampa, y para ello es necesario que no sea capaz de reconocerla. Supongo que, en más de un sentido, estoy maleado, corrompido por la literatura, pero también pienso que adivino la trampa porque esos libros fueron escritos con trampa.

Como sea, me resisto a pensar que ahora soy, en esencia, mejor que el niño que a los nueve años leyó *El niño que enloqueció de amor*. Ahora mismo voy a releer, por primera vez, esa novela. Quiero que de nuevo me guste. Quiero que no me aburra. Quiero que me haga llorar.

TEMA LIBRE

Agradezco esta invitación, que acepté encantado pero también sorprendido, porque es raro que a uno lo inviten a su propia casa.[1] Esto suena a palabras de buena crianza, pero es estrictamente cierto, y lo voy a demostrar:

Hace ochos años casi exactos estaba yo en el quinto piso de esta facultad, sentado en un banco, junto a mi maleta, fumando —no había nada anómalo en la escena, porque en ese tiempo se permitía, o al menos no estaba totalmente prohibido, fumar en el interior del edificio, y tampoco era raro que yo anduviera con una maleta, porque solía acarrear libros para mis clases. Aunque quizás esa maleta en particular era una exageración, con un bolso o con una mochila grande habría sido suficiente, pero yo estaba y todavía estoy enamorado de esa maleta negra de ruedas giratorias, cuya existencia me parecía entonces un milagro.

1. Conferencia leída el 30 de mayo de 2016, en la Facultad de Comunicación y Letras de la Universidad Diego Portales, en el marco del ciclo Cátedra Abierta en Homenaje a Roberto Bolaño.

No soy un experto en estos asuntos, pero igual me parece inexplicable que tardaran tanto en inventar la maleta de ruedas giratorias. Primero inventaron la rueda, fue de lo primero que inventaron, y supongo que en algún momento temprano de la historia o de la prehistoria inventaron la maleta, pero es inexplicable que ambos inventos coexistieran tanto tiempo sin entrecruzarse y que faltaran todavía algunos siglos para llegar a esa indiscutible obra maestra que es la maleta de ruedas giratorias.[2]

Decía que muchas veces estuve en el quinto piso de esta facultad, esperando a mis alumnos junto a esa maleta para mí tan querida, y probablemente todas esas veces alguno de ellos me lanzó la clásica broma de si me habían echado de la casa. Esa tarde de hace ochos años no fueron uno ni dos sino tres los alumnos que, en un lapso de unos cinco minutos, en el tono ligero de una broma al paso, ensayaron variaciones de la misma fórmula: «oiga, profe, se fue de la casa», «oiga, profe, lo echaron de la casa», «oiga, profe, está viviendo en la oficina»... Respondí siempre con naturalidad, negando con la cabeza y sonriendo, y por supuesto no les dije que sí, que justo esa tarde acababa de irme de la casa, ni que, al menos por unas cuantas horas, estaba, efectivamente, viviendo en la oficina.

Espero que se entienda, entonces, hasta qué punto es cierto que en esta facultad me siento como en mi propia

2. En *This Must Be the Place*, la película de Paolo Sorrentino, hay un personaje llamado Robert Plath, interpretado por Harry Dean Stanton, que dice ser el inventor de las maletas con ruedas. Al parecer el señor Plath sí existió y sí inventó la *rollaboard luggage,* que patentó en 1987, pero el tipo al que originalmente se le ocurrió juntar las maletas y las ruedas fue Bernard D. Sadow en 1970. En todo caso lo importante es que, más que una película, *This Must Be the Place* es un peliculón.

casa. Una casa de la que nunca me echaron, de la que nunca me fui. Ahora me parece que yo mismo me hubiera invitado a tomar once y que una parte de mí esperara en el comedor pacientemente, con la mesa puesta, mientras la otra compra el pan y tantea las paltas –siento que además de estar hablando estoy en el público, y por tanto desconfío de lo que dice el conferenciante, lo que en todo caso es bueno, porque escribo esto movido por el mismo criterio que sigo en la escritura de un cuento, de una novela, de lo que sea: no aburrirme, evitar el piloto automático de la escritura prestada y también las mañas rutinarias que asoman, de un modo casi imperceptible, en la escritura propia. Quiero escribir una conferencia capaz de mantener despierta incluso a una persona como yo, es decir a alguien con un diagnóstico al parecer irreversible de déficit atencional.

En una nota menos solitaria, la invitación a la propia casa entraña un reproche, una no muy sutil ironía, un «tenemos que hablar». Por eso pregunté al tiro, alarmado, tras aceptar la invitación, de qué tenemos que hablar, de qué tengo que hablar, cuál es el tema de esta conferencia, pero era una pregunta falsa, porque sabía la respuesta –ya les digo que llevo mucho tiempo aquí, más de doce años, y claro que recuerdo la mañana en que estuve sentado, o más bien de pie, escuchando la primera de estas cátedras, la de Ricardo Piglia, a comienzos del año 2007, y en adelante estuve casi siempre en el público, y también fui algunas veces el encargado de presentar a escritores que admiro. Era una pregunta falsa, por supuesto yo sabía que a los invitados a esta cátedra les piden una conferencia de tema libre: tenemos que hablar, pero tenemos que hablar de un tema libre.

Ahora que lo pienso, es más bien raro que a un conferenciante le dejen el tema libre. A los escritores por lo general se nos invita a hablar sobre el *boom,* o sobre el estado actual o el futuro o las últimas tendencias o el renacimiento o la muerte de la literatura latinoamericana o chilena o santiaguina, o sobre la crisis o la existencia de la crítica literaria, y aunque el riesgo de repetirnos se vuelve cada vez mayor y más evidente, casi siempre aceptamos, porque somos una comunidad, y porque de un modo u otro lo pasamos bien, o al menos nos acompañamos, lo que es otra manera de decir que somos unos nerds, porque de verdad nos interesa, por ejemplo, el futuro de la literatura latinoamericana, aunque quizás también aceptamos dar o asistir a estas conferencias por motivos menos espléndidos: al fin y al cabo, después de la segunda copa hasta el peor de los tintos en caja parece digno de ser considerado un vino de honor.

Quiero hablar de esa mañana cualquiera en que el profesor, cansado de ser creativo y probablemente de ser profesor, vacila unos segundos antes de asignar la tarea, porque ya les pidió a sus estudiantes composiciones sobre las vacaciones de verano y las de invierno y hasta sobre el fin de semana largo, sobre las Fiestas Patrias y la Navidad, sobre el Combate Naval de Iquique y el Desastre de Rancagua, así que no tiene más remedio que encomendarles que escriban sobre lo que quieran, y entonces la resbalosa noción de «tema libre» inunda la sala, y es como una inesperada sobredosis de autonomía; es un premio y también un problema, porque de todos modos es obligatorio escribir, es un tema libre obligatorio –el profesor recorre parsimoniosamente la sala, en teoría concentrado en imponer silencio, aunque tal vez está pensando en cómo llegar a fin de mes o en la inabordable profesora de matemáticas, y durante esos cuarenta y cinco minutos los estudiantes escriben algo, cualquier cosa, no importa, no hay problema: tema libre.

Obligados al tema libre descubrimos, con una cuota de angustia, que no teníamos tema, pero quizás también sentimos que una frase llamaba a la otra y que la historia, misteriosamente, despegaba. Descubrimos que no necesitábamos un tema, que escribir podía ser una ruidosa forma de quedarnos callados; que escribir era dilatar la obligación inmediata de aportar al debate, de decir algo oportuno o inteligente; que era suspender el presente en un momento de suma intensidad, con la promesa de un diálogo picándonos los ojos y los oídos. Descubrimos que por escrito podíamos ser básicos, caprichosos, tontos, aburridos, injustos, confesionales. Descubrimos, como decía Violeta Parra, «que la escritura da calma / a los tormentos del alma».

Después, mucho después, cuando emerge el deseo casi siempre ambiguo, temerario y ansioso de mostrar lo que escribimos a un amigo o a alguien de quien se dice que *sabe de literatura,* o cuando nos gobierna la urgencia de publicar lo que escribimos en un libro, o de postearlo en algún muro, o de –en ese acto francamente desesperado, que es la variación posmoderna de la botella al mar– enviarlo por mail a absolutamente todos nuestros contactos, solo entonces, cuando por primera vez nos comportamos como lectores de lo que hemos escrito, aparecen los temas, y acaso al hablar retrospectivamente de los textos los manoseamos, condescendemos a un diálogo distinto del que pretendíamos: traducimos, traicionamos nuestra escritura. La creación misma, en cambio, se nutre de esa ausencia de tema. Podemos pasar meses y años enteros abriendo el archivo sin tener nunca del todo claro lo que estamos diciendo, asolados por la incertidumbre del tema pero bendecidos por la certeza de que, aunque no sepamos el tema, al escribir estamos haciendo algo, que en definitiva hay algo ahí, algo presuntamente valioso; algo de cuyo verdadero valor dudamos una y otra vez pero a lo que ya no podemos, no sabemos renunciar.

Nada garantiza que el texto en que trabajamos durante días, durante meses, durante años, nos parezca luego publicable. No se escribe para publicar, incluso si ya publicamos y sabemos de la existencia de gente a la que podría interesarle nuestro soliloquio. La parte de mí que está sentada en el público desconfía de este tipo de afirmaciones, porque alguien que publica libros obtiene alguna clase de legitimidad y en cierto modo pierde la vocación de derrota que supone pasarse las horas hablándole a nadie. No veo otra manera de enfrentar esa desconfianza que leer ahora un texto en el que trabajé durante meses y que decidí no publicar, pero cuya existencia me resulta, de algún modo, tan innegable como problemática. Del mismo modo que cuando nos preguntan *de qué se trata tu novela* lo único razonable sería responder *léela,* la única manera de hablar de esos textos fracasados es mostrarlos para explicitar ese fracaso.

Y por qué no compartir ahora mismo con ustedes un texto fracasado, un texto que no quise publicar, si me siento como en mi casa y encima me dieron tema libre. Me pasaría de tonto. Quizás solo aquí, en el marco de esta conferencia, un relato que no me gusta pero que quiero (y que quiero querer) puede y merece existir. Quién sabe si ahora puedo leerlo como si me gustara, y así el texto y yo quedamos en paz. Se llama «El amor después del amor» (el título también me carga, pero seguirá llamándose así). Ojalá ahora, al compartirlo con ustedes, por fin lo mato y a lo mejor lo olvido.

[Lectura del relato «El amor después del amor».]

El primer ser humano argentino que tuvo alguna influencia en mi vida fue un rubio de veinte años y un metro noventa, al parecer muy bueno para el volley playa, que en el verano de 1991 se comió a mi polola. Fue en el club de yates de El Quisco, en presencia casual de unos compañeros míos del colegio, que luego describieron los hechos, con lujo de detalles, en el diario mural.[3]

Sé muy bien por qué ese relato fracasó: porque nunca, durante todo el proceso de escritura, dejé de pensar. Me entregué a la narración, al placer de narrar, por supuesto que sí, pero en ningún momento perdí totalmente el control; nunca logré esa calidez o esa locura que nos hace ir más allá de las intenciones y de las presuntas habilidades. Uno puede reírse de sus propios chistes, pero a veces pasa, como en este caso, que el texto, en el fondo, no dice nada, no añade nada, no sirve para nada. Nunca pude darlo por terminado, cada vez que abro el archivo dudo si corresponde insistir con los primeros auxilios o si toca la extremaunción. Acabo de presentarlo ante ustedes como si no me importara, y claro que me importa; acabo de leerlo para ustedes y traté de leerlo bien, de que sonara bien. No puedo negar su existencia ni mi incapacidad para soltarlo, para entregarlo. Mi idea original era que la voz fuera trazando caprichosa y libremente la ruta, con la parodia como mero punto de partida. Y aunque preveía la posibilidad de un resultado solamente disparatado y medio estúpido, igual pensaba que, conforme avanzara en la escritura, el relato se iría disparando en direcciones imprevistas; yo quería que apareciera algo que simplemente no apareció.

La explicación podría ser más larga, pero tampoco quiero intelectualizar un sentimiento muy sencillo: nunca me

3. Véase o léase el relato completo en las pp. 56-67.

43

convenció. O para decirlo de forma aún más básica: no me caen del todo bien ni el narrador ni los personajes ni nada relacionado con este relato. También me desagradan algunos de los chistes que puse, pero no podría borrarlos o reemplazarlos sin sentir el trompetazo de la injusticia. No puedo negar, como decía, la existencia de este relato. No puedo eliminarlo, y conste que soy harto bueno para destruir textos. Supongo que a todos los escritores les pasa lo mismo, lo confiesen o no. O quizás no, quizás estoy puro proyectando, para sentirme incluido, mis patinadas. Me impresionan esos escritores cuyos libros parecen ser el resultado de un método fijo e infalible. Me inquieta el aire de suficiencia que comunica el discurso del escritor profesional, a lo Mario Vargas Llosa. Lo digo sin ironía, probablemente con envidia, ya me gustaría a mí ser más disciplinado y menos obsesivo. Sería genial dormirse cada noche arrullado por la convicción de que el día tuvo sentido, de que avanzo, de que es cosa de instalarse frente al computador todas las mañanas, con un litro de café y unos cigarros y unos parches para el dolor de espalda, para producir, en unas cuantas jornadas, un hermoso mamotreto.

A propósito de Vargas Llosa, hace tres años leí, en el diario *El País,* una reseña suya de *Plano americano,* el monumental libro de Leila Guerriero. Lo elogió sin reservas, lo que no me sorprendió, del mismo modo que no me extrañaría que, por ejemplo, para citar a otro premio Nobel, Barack Obama elogiara ese libro. Pero sí había algo sorprendente en esa reseña, que empieza así: «Cada vez que regreso a Madrid o a Lima luego de varios meses me recibe en casa un espectáculo deprimente: una pirámide de libros, paquetes, cartas, e-mails, telegramas y recados que nunca alcanzaré a leer del todo y menos a contestar.» Por supuesto, el sentido de esa introducción es prepararnos para el hallazgo, entre esa pirámide de envíos no solicitados, del libro de Leila. Me encanta esa imagen, y también me parece admirable/envidiable que Vargas Llosa, probablemente para concentrarse en la escritura, consiga mantener a raya el correo electrónico, aunque, si entiendo bien, solo recibe mensajes cuando está en alguna de estas casas, y por algún motivo, para mí misterioso, los que le llegan a Madrid no son los mismos que recibe en Lima. En fin, lo que realmente me desconcierta es que, tanto en su casa de Madrid como en la de Lima, Vargas Llosa siga recibiendo tal cantidad de telegramas, porque yo pensaba que los telegramas habían dejado de existir largo tiempo atrás. Debería haber estado en el público hace unas semanas, cuando Vargas Llosa dio como once conferencias en esta universidad, para preguntarle qué decían esos telegramas, quién se los enviaba, desde dónde. Imagino cosas como estas:

FELICIDADES NOBEL STOP

CONVERSACION CATEDRAL CIUDAD PERROS MAGNI-FICAS STOP ULTIMAS NOVELAS NO STOP

VENGA CONFERENCIA CHILE STOP BRAZOS ABIERTOS STOP

POR CULPA TUYA PUSIERONME PANTALEON STOP TE PILLO TE MATO STOP

FAVOR HAGAME PROLOGO LIBRO STOP POEMARIO SOLEDAD DESAMOR MUERTE STOP GRACIAS ANTE-MANO STOP

PREFIERO MANUEL PUIG STOP

Perdón, quizás muchos de los presentes ni siquiera saben lo que es un telegrama. Tampoco soy un experto en la historia de los telegramas, solo recibí dos en mi vida –los dos enviados por mi abuela materna para mi cumpleaños, curiosamente ambos para el mismo cumpleaños, con un par de horas de diferencia–, yo pertenezco a la generación del fax, pero sí recuerdo haber pensado alguna vez en la especificidad de esos mensajes: en la abrumadora secuencia de transmisiones, en el imbailable pero en cierto modo contagioso ritmo de la clave morse, y sobre todo en el efecto medio cómico de esa economía lingüística que obligaba a acortar algunas palabras y a eliminar los artículos y las preposiciones, jugando en el límite de lo inteligible, con el tan razonable propósito de ahorrarse unos pesos. Los telegramas eran como los haikús de la correspondencia, aunque, más bien lejos de todo lirismo, la llegada de un telegrama por lo general se asociaba, en la realidad, a las malas noticias y, en la ficción –pienso en las películas de cowboys–, a la contratación de un pistolero.

Supongo que lo de Vargas Llosa fue un lapsus, algo así como un estallido de nostalgia por el mundo en que sí existían los telegramas, una nostalgia que rima con la muerte de la cultura occidental, tal y como la decreta en su libro *La civilización del espectáculo*. No quiero ni imaginar lo deprimido que debe haber estado el autor cuando escribió ese ensayo en que las emprende –aunque sin interrogarlas demasiado– contra prácticamente todas las manifestaciones actuales de la cultura, y también contra la prensa, en especial contra la prensa del corazón, gracias a la cual ahora sabemos, irónicamente, que al parecer Vargas Llosa ya no está tan deprimido.

No extraño los telegramas, pero por supuesto que sí extraño al joven que yo era hace veinte años y hace veinte kilos, cuando leí deslumbrado, por ejemplo, las novelas de Vargas Llosa, aunque a decir verdad tampoco extraño tanto ese tiempo, en que inconscientemente la retórica del telegrama nos entrecortaba las frases y nos hacía creer que cada palabra salía muy cara. Estábamos tan seducidos por el lenguaje, respirábamos la ansiedad de decir algo, cualquier cosa, pero también sentíamos el peso inhibitorio de la alta cultura, y no nos decidíamos a desplegar el rollo, a alargar la cinta. Publicar un poema en una revista fotocopiada, juntar plata entre varios para imprimir un libro: sería tan fácil construir, con esos datos, un presunto heroísmo, una mínima pero consistente odisea, alentada por ese espíritu colectivo que nunca hemos perdido. Igual qué lata esa clase de nostalgia.

Veníamos un poco maleados o mareados por el escepticismo, pero queríamos pertenecer a algo, a cualquier cosa, quizás por eso al final del guitarreo terminábamos gritando, aunque ni siquiera entendíamos bien la letra, una canción que decía «I don't belong here». Sentíamos la necesidad de tener un tema y éramos reacios, a la vez, a aceptar los temas que supuestamente nos correspondían como generación. Y eso no se detiene nunca, me temo, esa presión normalizadora, la improvisada asignación de etiquetas y categorías, el timón del tema que fija y sepulta y que casi nunca va más allá de una lectura más o menos pobre y literal, contenidista.

Escribimos para multiplicarnos, escribimos, decía Fogwill, para no ser escritos, pero igual nos escriben. Más o menos sobre eso es «La novela autobiográfica», otro texto rechazado o fracasado que escribí hace como un año y que nunca he publicado y que –lo juro sobre las obras completas de Juan Emar– nunca publicaré. Aquí va:

[Lectura del relato «La novela autobiográfica».]

A mi lado viaja Kalåmido Crastnh. Nos conocimos
anoche, en una cena con unos poetas que se definían como
detectives salvajes, aunque de salvajes tenían poco y lo
único que les interesaba investigar era la manera de no
pagar la cuenta.[4]

Me desagrada y me da risa el tipo que escribió este texto que acabo de leerles y que me parece horrible pero también
me gusta... Lo único que me gusta de este relato es el final,
que se me escapó de las manos. Si el texto fracasó fue porque
nunca conseguí desprenderme del tema. Estaba un poquito
enojado y casi sin darme cuenta empecé a pergeñar una
especie de festiva queja que no difiere demasiado de los
desplantes que yo mismo caricaturizo. Y sin embargo releo
el relato y me río y hay momentos en que me encanta. Es
como una canción que a veces pongo a todo volumen y la
canto y la bailo y hasta le invento coreografías. Pero no me
gusta. Creía saber demasiado bien de lo que hablaba, pero
no estaba mirando; hablaba como si estuviera fuera y no
dentro de lo que observo o parodio o critico. Y escribir es,
como más de alguien dijo, verse a uno mismo en la multitud.
Y una de las pocas cosas que de verdad tengo claras es que
soy parte de esa multitud y que no quiero estar fuera. Que
pertenezco y que quiero pertenecer.

En fin, ahora termino, llorando en el escenario. Dicen
que los temas en la literatura son solamente tres o cuatro o
cinco, pero quizás es solo uno: pertenecer. Todos los libros
pueden leerse en función del deseo de pertenecer o de la
negación de ese deseo. Ser parte o dejar de ser parte de una

4. Véase o léase el relato completo en las pp. 53-55.

familia, de una comunidad, de un país, de la literatura chilena, de un equipo de fútbol, de un partido político, de una banda de rock, del grupo de fans de una banda de rock, por último de un grupo de scouts o de Alcohólicos Anónimos. De eso escribimos cuando nos dan tema libre, y también cuando creemos estar escribiendo sobre el amor, la muerte, los viajes, las moscas, los telegramas o las maletas con ruedas giratorias. De eso hablamos siempre, en serio y en broma, en verso y en prosa: de pertenecer. Y ese es, ese fue, claro, el tema de esta conferencia STOP

II. Ropa tendida

LA NOVELA AUTOBIOGRÁFICA

A mi lado viaja Kalåmido Crastnh. Nos conocimos anoche, en una cena con unos poetas que se definían como detectives salvajes, aunque de salvajes tenían poco y lo único que les interesaba investigar era la manera de no pagar la cuenta. Antes de despedirnos, Kalåmido me dijo que había leído todos mis libros y que quería entrevistarme. Me pareció que enfatizaba la palabra *todos,* lo que en cierto modo me alarmó, porque hay libros míos que no quiero que nadie lea nunca más. Tampoco me dijo si le habían gustado y por supuesto no se lo pregunté. Como teníamos pasajes para el mismo tren, me propuso que hiciéramos la entrevista durante el viaje.

No sé si el tren avanza rápido o lento, pero estoy seguro de que avanza. Abro el computador y tecleo presuroso, para que Kalåmido crea que tengo un asunto urgente que resolver. No me gustan las entrevistas, pero me gusta que empiecen, porque eso significa que en algún momento van a terminar. Kalåmido estudió filología en la exclusiva Oincaskc Unyinversdaorc, y luego hizo un máster en metaperiodismo en la misma universidad («pero en otra facultad», aclara), antes de empezar su PhD en la influyente Universidad de Ertyuing, que finalizó con *summa cum laude* y una minuciosa ovación. Así y todo, a pesar de su intimidante currículum, lo primero que me pregunta, nada más encender la grabadora, es lo siguiente: «¿Son sus libros autobiográficos?» Finjo que no entiendo la pregunta. Kalåmido me la replantea de este modo, pronunciando cada palabra con esmero, se diría que con fe: «¿Cuánto de ficción y cuánto de realidad hay en sus libros?»

Trato de imaginar a Kalåmido en su Llaslamnlcmas natal, una ciudad pequeña al oeste de Nlńcclael, más o menos cercana al hermoso lago Aslvfvsd. Lo veo cuando niño, en la nieve, esperando un improbable arcoíris, y después, de adolescente, leyendo con devoción y desconcierto a Emilia Qwerty, a Pol Uiop o al extrañísimo Asd Fġhjkl. Pienso que Kalåmido jamás hubiera importunado a Emilia Qwerty con una pregunta como la que acaba de hacerme.

La comparación no es buena, porque la Qwerty nunca concedió entrevistas, pero creo que Kalåmido tampoco hubiera formulado una pregunta como esa al flaco Uiop o a Fġhjkl, que sí las dieron (quizás demasiadas). Me siento ofendido, pero lo dejo pasar, porque he sufrido humillaciones bastante peores. Guardo silencio, pero no lo guardo bien. Decido responder. Y decido, además, aunque sé que esto es completamente innecesario, decir la verdad.

«Mis libros son 32 por ciento autobiográficos», le digo.

Me temo que Kalåmido entienda que hay ironía de mi parte. No es mi intención. Mi respuesta es totalmente honesta. Estudié en un colegio atroz donde solo enseñaban matemáticas, estoy acostumbrado a esa enfermiza clase de exactitud. Mi temor, por suerte, es infundado: Kalåmido anota la cifra en su cuaderno, bebe dos sorbitos de un té que no sé de dónde sacó, y me mira de frente, como pensando en voz alta, como mirándome en voz alta, si es eso posible.

«Lo sabía, 32 por ciento», dice.

«Y yo sabía que lo sabías», miento.

«Y yo sabía que sabías que lo sabía», dice.

Y así seguimos un rato, la raja. Hay onda entre nosotros. Nos caemos bien. Kalåmido podría ser mi amigo, pienso. Deberíamos intentarlo. Pienso que el ritmo de la amistad se baila así: risas, silencio, risas, silencio, risas, silencio. La raja.

Kalåmido me pregunta por el futuro de la literatura latinoamericana y por el futuro de la literatura a secas. Y por el futuro a secas. Y por el futuro de la palabra *futuro*. Y por el futuro de la palabra *palabra*. Todo fluye, todo va de maravillas, hasta que llega la crucial, la terrible, la campeona mundial de las preguntas difíciles: la de la isla desierta.

¿Que qué libro me llevaría a una isla desierta? Como no soy tonto, trato de negociar: le propongo que trabajemos más bien con la idea de una isla pobremente habitada. Kalåmido me responde que no puede alterar la pregunta, porque su editor es un tirano. Le pido, entonces, que me deje llevar más de un libro. Niega con la cabeza. Le digo que su pregunta es deprimente. Le digo que lo último que haría en esa isla de mierda sería leer.

Kalåmido aprueba mi respuesta con una risa cómplice y me convida un poquito de té. Está todo muy bien. La entrevista no ha terminado, pero estoy seguro de que en algún momento va a terminar. El tren avanza rápido o lento, o quizás se queda inexplicablemente detenido, no lo sé ni me importa: lo único que quiero, por ahora, es seguir contestando las preguntas de Kalåmido con total, con absoluta honestidad.

EL AMOR DESPUÉS DEL AMOR

El primer ser humano argentino que tuvo alguna influencia en mi vida fue un rubio de veinte años y un metro noventa, al parecer muy bueno para el volley playa, que en el verano de 1991 se comió a mi polola. Fue en el club de yates de El Quisco, en presencia casual de unos compañeros míos del colegio, que luego describieron los hechos, con lujo de detalles, en el diario mural. Ahí empezó mi calvario, pero ahora pienso que fue bueno. Fue bueno, por supuesto, saber. Siempre es mejor saber. Y también fue bueno ocupar tan temprano, a los quince años, y de forma tan pública, el lugar de cornudo. Uno de los momentos más importantes en la vida es cuando nos enteramos de que nos pusieron el gorro. Es necesario pasar por eso, haber estado ahí.

Aprendí mucho esos días –esas semanas, esos meses–, cuando todos se burlaban de mí o me compadecían, que al fin y al cabo es lo mismo. Hubo dos o tres amigos fieles que no mencionaban el tema en mi presencia y que si se burlaban lo hacían con discreción. Y qué importantes son la discreción y el compañerismo. El Hugo Puebla, por ejemplo, para consolarme, me contó el chiste del tipo que vuelve a casa con la cara ensangrentada, cojeando, su mujer le pregunta qué te pasó y él responde que le pegaron entre varios porque lo confundieron con argentino –y por qué no te defendiste, pregunta ella, y él le responde: porque me encanta que les peguen a esos conchas de su madre. Cuando imaginaba a ese argentino metiéndole mano a mi polola me acordaba de ese chiste y me lo contaba a mí mismo de nuevo y lo alargaba indefinidamente, y era un deleite, un antídoto, un soberbio desahogo.

Esos tristes hechos provocaron en mí un prejuicio grande contra los argentinos, contra el volley playa e incluso contra el verano. Por fortuna al año siguiente, en Guanaqueros, conocí a Natalia, una maravillosa porteña menor de edad, lo que en todo caso no era un problema, porque yo también era menor de edad, incluso ella era algunos meses mayor que yo. Nuestro noviazgo –ella lo conceptualizó como un noviazgo– duró, en lo presencial, solamente una semana, pero seguimos un rato por correspondencia. Por entonces estaba de moda *El amor después del amor,* el disco de Fito Páez. Yo no soportaba –ni soporto– la voz de Páez, pensaba que se reía de la gente, que era una parodia, que nadie que cantara así podía pretender que lo tomaran en serio, pero igual «Tumbas de la gloria» me emocionaba un poco y también me gustaban otras tres o cuatro canciones del casete –cuando ella me preguntó, por supuesto le dije que me gustaba entero, que era un discazo, y entonces sacó un fascinante aparato que permitía que ambos conectáramos simultáneamente nuestros audífonos a su walkman.

El casete sonaba y sonaba, porque el walkman era *autoreverse.* La canción que menos me gustaba era justo la que le daba título al disco. Me parecía –y me sigue pareciendo– espantosa, pero qué remedio, a ella le gustaba, y la aprendimos de memoria, y hasta analizamos la letra: «El amor después / del amor tal vez / se parezca a este rasho de sol.»

En realidad no había mucho que analizar, la canción era simplemente mala, pero Natalia me explicaba que había otra etapa en las parejas, una etapa en que dejaban de amarse y empezaba algo que no era amor pero que era el amor después del amor, y yo me imaginaba a un matrimonio de ancianos cantándola y tratando de tirar y me partía de la risa.

La Nati −no le gustaba que le dijeran así, sus amigas le decían Nata, como esa lámina asquerosa que cubre la leche caliente− volvió a Buenos Aires y comenzamos a cartearnos al tiro. Yo le escribía cartas largas y dramáticas en que le hablaba de Santiago, de mi familia, de mi barrio, y ella me contestaba con perfectas redacción y ortografía (yo valoraba mucho eso) y hasta con unos dibujos muy bien hechos y algún detalle como perfume, o mechones de su pelo medio rubio, o pedazos de uñas pintadas, e incluso, pero solo una vez, cinco gotitas de sangre. Le pedía que me describiera Buenos Aires y ella respondía, con gracia, que Buenos Aires era como todas las ciudades del mundo, pero un poco más hermosa y bastante más fea. Para bien y para mal, mi educación sentimental les debe bastante a esas cartas, que de pronto ella, muy razonablemente, dejó de contestar, aunque yo seguí escribiéndole durante un tiempo, porque en esos años mi rasgo principal era la persistencia.

Al verano siguiente mis padres armaron unas vacaciones en Frutillar e invitaron a Luciano, un viejo amigo trasandino. Alojábamos en dos cabañas, una muy grande donde dormían mis padres, mis tres hermanas y la Mirtita, que era la hija de Luciano, y en la otra nos quedábamos él y yo, aunque yo dormía poco, porque estaba deprimido, aunque en ese tiempo no lo sabía y tardé una eternidad en darme cuenta, estuve deprimido tantos años, mi adolescencia entera y la primera parte de mi juventud, y si lo hubiera sabido todo habría sido tan distinto, pienso, por la rechucha.

El día anterior al viaje le había encargado a mi mami, que trabajaba en el centro, que me comprara una antología del poeta Jorge Teillier, y ella se había confundido y me había comprado un libro de cuentos de Jaime Collyer, así que no me quedaba más remedio que leerlo. En la cama de al lado Luciano fumaba, tomaba whisky, miraba el Festival de Viña, se rascaba violentamente la mejilla izquierda y más encima me conversaba –«seguí leyendo, no me contestés», me decía, pero luego lanzaba alguna observación que se convertía en pregunta, y yo en efecto, obedientemente, no le contestaba, pero él igual esperaba una respuesta, y entonces yo decía una frase corta y eso a él le bastaba, me lo agradecía, hasta que se quedaba dormido con el vaso perfectamente equilibrado en el pecho, como si todos los días de su vida se hubiera dormido con un vaso de whisky a medio terminar en el pecho. Luciano era gordo, de tez rojiza y casi completamente calvo, como creo que son todos los argentinos a contar de cierta edad. Y aunque después me porté tan mal con él, debo decir que en ese momento me pareció una persona agradable.

Entonces mi padre andaba obsesionado con la pesca con mosca, y cuando no estaba pescando se dedicaba a ensayar en el césped sus lanzamientos, trataba obsesivamente de perfeccionar la técnica (había algo inquietante en la imagen, una cierta proximidad con la locura, por supuesto). Luciano era, en teoría, su socio, su amigote, pero se aburría casi de inmediato, así que a veces, en realidad casi siempre, se iba con mi mamá y las niñas al lago, o jugaba conmigo a la pelota o me acompañaba en mis caminatas. Un día pasamos por una escuálida feria, en la Plaza de Armas, donde vendían algunos libros de la editorial Planeta. Todos los argentinos que conocí luego son grandes lectores, se diría que se pasan todo el tiempo leyendo, aunque también parece que se dedicaran exclusivamente a tomar mate o a ver el fútbol o a escribir columnas de opinión. A Luciano, en cambio, no le gustaba leer: miraba los libros de lejos, con desconfianza, como proyectando un futuro aburrimiento, y esbozaba una semisonrisa prudente, como en una celebración callada de la no lectura. A mí me gustaba leer más que nada poesía, era raro que leyera novelas, pero ese verano tenía ganas de leer novelas, y elegí tres, más o menos al azar. Luciano insistió en pagar mis libros, cosa que quiero ahora agradecer públicamente, y se disponía a pagar la novela que con desgano o más bien dicho con falso entusiasmo había elegido, pero a último minuto se arrepintió. «A quién quiero engañar, boludo, si no la voy a leer nunca», me dijo, con total y contagiosa alegría.

Esa noche salí buscando diversión, pero en la discoteca bailaban una música funesta, así que me volví enseguida, dispuesto a terminar el libro de Collyer, que me estaba gustando. Pensé que Luciano seguiría en la otra cabaña jugando con mis papás al carioca o al poto sucio o al dominó, pero ya estaba instalado en su cama dándole al whisky y devorando uno de esos extraordinarios kúchenes de cerezas que horneaba la dueña de las cabañas. Comí yo también un trozo y probé el whisky. Fue mi debut oficial en el whisky. Ya había paladeado unos conchitos cuando me levantaba a sacarle a Luciano el vaso del pecho, pero esta vez él me sirvió, con temblorosa solemnidad, una dosis doble o triple, y hasta me preguntó con cuántos hielos lo quería (cinco). Era un J&B rasposo, medio terrible, pero estuve a la altura.

A la noche siguiente ya derechamente nos pusimos a tomar, y a la cuarta o quinta jornada de complicidad masculina, como él no hacía más que hablarme de mujeres que le gustaban, le conté la historia de su compatriota Natalia. En un punto me pidió que se la describiera físicamente. La verdad es que yo nunca había estado en situación de describirla, Nati era tan hermosa que había decidido no contarle a nadie sobre ella, porque sabía que nadie me creería, y además porque pensaba que no era necesario describir a una argentina, que ya estaba todo implícito en la palabra *argentina,* o que solo había que describirla si se salía de la norma, es decir, si la argentina no era despampanante. Igual traté de describirla, y creo que fui, en algún grado, persuasivo.

«¿Y, te la vacunaste?», me preguntó Luciano. A mí me dio risa la expresión. Y bueno, loco, no me la había vacunado, pero mentí, le dije que sí. No me di cuenta de que Luciano pensaba que yo solapada o descaradamente hablaba de su hija Mirtita, que era dos años menor que yo, rubiecita, delgada y bastante linda, pero no me gustaba, su belleza era medio rutinaria. Me costaba creer que Luciano pensara que hablaba de su hija. Lancé una risita nerviosa que él consideró una risotota cínica, y ahí quedó la cagada, porque se abalanzó sobre mí y no me quedó otra que aplicar mi rudimentario método de defensa personal, que básicamente consistía en pegarle un rodillazo en los cocos, y mientras se retorcía en el suelo me gritó que siempre había tenido ganas de vacunarse a mi mamá.

Me pareció tonto, me pareció que Luciano era como un niño, que estaba compitiendo, y recordé un diálogo ingenioso en el colegio, cuando González Barría le dijo a González Martínez la frase «me voy a culiar a tu hermana» y González Martínez respondió triunfalmente «no tengo hermana», pero González Barría contraatacó muy rápido con esta abominable salida: «Anoche, con tu mamá, te hicimos una.» Bueno, es horrenda la historia, pero a mí no dejaba de hacerme gracia la rapidez de González Barría, y había sido tanto el ingenio que González Martínez ni siquiera se enojó, y hasta se palmotearon la espalda mutuamente, y al acordarme de todo eso casi me vino un verdadero ataque de risa, pero no era el momento adecuado para esas evocaciones, pues mientras yo más reía mi roomie más gritaba, y lo que sigue es confuso, porque ahora estaban todos, incluso las niñas y mis padres, en la habitación, gritando, era un verdadero desastre/quilombo, y no recuerdo cómo terminó la noche, pero al otro día el grupo se disolvió y los chilenos dormimos en una cabaña y los argentinos en otra, y mis tres hermanas me culparon, y solo mi madre me defendió y mi papá me dijo que era el último verano que yo pasaba con la familia, lo que absolutamente desde todo punto de vista era para mí una buena noticia.

Tres años después mis padres se separaron. Fue terrible. O durante un tiempo me pareció terrible. En diversos momentos de la infancia, mi padre nos llamaba a mis hermanas y a mí, se ponía muy serio y nos decía que con mi mamá habían decidido separarse y teníamos que elegir si nos íbamos con él o nos quedábamos con ella. Era una broma muy cruel, pero casi una tradición familiar, que él disfrutaba a sus anchas, porque siempre conseguía que termináramos creyéndole, era muy dramático y elocuente, y mi mamá después lo retaba, pero él se reía muchísimo, quizás estaba drogado o algo. Por eso, tantos años después, cuando me comunicaron la noticia de la verdadera separación, pensé que era broma, y tuvieron que explicarme muchas veces que no, que ahora sí era cierto. Lloré un poco, dos dedos de lágrimas. Dos dedos de lágrimas con cinco hielos. Más tarde, más calmado, cuando no había otra opción que aceptarlo, pensé que era tardío. Pensé algo ambiguo. Algo como: ah, están vivos. Me parecía innecesario. Tenían que quedarse juntos y ya. Pero ellos querían existir y tomar decisiones y cambiarlo todo. Insistían en existir.

A los pocos meses me enteré, de la peor manera, de que mi mamá tenía un pololo. Es difícil ser el hijo de una mujer tan llena de talentos y de pechos. Maldigo el día en que me destetaron, a los veinticinco meses de edad, hasta entonces estaba todo tan bien, ahí empezó toda esta porquería. Y una tarde esa mujer tan fabulosa y tan llena de lunares en las piernas me invita a tomar once. ¡A tomar once en nuestra propia casa! Sospechoso. Ven mañana a tomar once, me dijo, me llamó. ¡Por teléfono! Se consiguió el número de mi pololola (chilena), pidió hablar conmigo, mi vieja estaba nerviosa, yo la conozco. Como a qué hora, le pregunté, haciéndome el tentativo. Era a las seis, siempre era a las seis. Yo sabía la respuesta, pero igual me dolió la guata cuando me dijo: a las seis. Ese día me desperté a las diez y tanto y decidí quedarme en pijama, atrincherado, leyendo a Antonio Cisneros y tomando desesperadas cocacolas. Como a las cinco y media lo sentí llegar. Y quizás aquí viene una nueva lección. Quizás todos deberíamos alguna vez ver a nuestra madre darse besos y manosearse y frotarse con alguien que no es el papá de uno (ni uno). Pero igual fue demasiado fuerte verla con ese. Con Luciano, che, sí. Más gordo, más rojo, más pelado. Yo no podía creerlo. Ese hombre me había agredido, era un alcohólico, un adicto al kuchen de cerezas, un roncador profesional, y encima no leía. ¡No leía! ¡Un argentino que no leía, por qué, mamá! Y ni siquiera tomaba mate, pasaba el día a puros cafecitos.

Traté de inhalar y exhalar y todo eso, pero qué confusión al mirarlos por la ventana de mi pieza: mis hermanas con sus sibilinos novios, mi madre tomada de un regordete y venoso y rojizo brazo argentino, y vamos fumando y tomando pichunchos bajo el mismo parrón donde de niños correteábamos a nuestros perros y gatos y conejos, ahora enterrados, todos, junto a las buganvilias del jardín. Me acerqué. Me sentía muy fuera de este mundo, pero tenía que encarar a Luciano. Ni a mis hermanas ni a los sibilinos los miré. Pero miré a mi mamá con amor callado: seguía en silencio, su carita temblaba. Y después miré a Luciano a los ojos y le dije con toda la rabia, con todo el corazón, con el odio vivo, y una lágrima turbia y caliente y nerudiana en la mejilla, el que entonces me pareció el garabato final, el insulto más serio, terrible, hiriente e irrevocable, la peor palabrota propinada jamás: argentino.

Inmediatamente decidí irme lo más lejos que pude: a la casa de mi papá. Pobre hombre solo, mi padre, qué falta de imaginación: lo único que hacía era hablarme de fútbol chileno, que es un deporte que juegan casi puros argentinos, con uno que otro chileno de colado, generalmente en la banca. En vez de odiar a los argentinos mi papá los quería. Qué lejos estaba del hombre valiente que aterrorizaba a sus hijos con las periódicas alarmas de separación.

Al tiempo supe que mi mamá se iba a Buenos Aires. Me llamó para despedirse, pero yo no quise hablar con ella. Luego me arrepentí, pero era muy tarde. Y empezamos a escribirnos. Me mandaba unas cartas hermosas pero sin perfume ni mechones de cabello ni uñas ni gotas de sangre. Me daba consejos sobre las dosis de los medicamentos, sabía mucho de eso. Y siempre me pedía que usara la plaquita para el bruxismo. Y me invitaba a Buenos Aires, me decía que podía estudiar allá (pero yo no quería estudiar, nunca he querido estudiar). Yo le contestaba mensajes cada vez menos parcos. Me dejaba querer.

Poco a poco se fue sabiendo la historia de mi mamá y Luciano. Una historia de amor larga, radiante, internacional.

Seria. Una historia seria. Se conocieron en los sesenta y cualquiera se enamora a fondo con tanta buena música. Efectivamente alguna vez Luciano había cortejado a mi mamá. Y ella lo había dejado para emprender su vida chilena convencional. Y empezó a tener hijos, mis hermanas, yo, perdió un poquito la línea con tantas transformaciones, pero siguió estupenda, enérgica, inteligente y divertida. Luciano también se casó y se convirtió en el papá de Mirtita, pero sufriendo. Él todo lo hizo sufriendo. Mi mamá olvidaba, él no. Y después, por algo que parecía azar pero que de azar no tenía una gota, Luciano y mi papá se conocieron y se hicieron amigos. Realmente amigos. Y era una manera de llegar a ella. Pero no era un plan maquiavélico, nunca intentó nada en esos años. Los conflictos entre mi padre y Luciano surgieron mucho después, digamos que por culpa mía, cuando le conté a mi papá que su amigo siempre había querido coger con mi mami. Eso los distanció. Tampoco es que mis padres terminaran por eso. Igual, cuando Luciano supo de la separación esperó un plazo prudente antes de presentar sus credenciales.

Ya entendía la historia, pero igual me costaba aceptar el amor de Luciano y mi mamá. Supongo que todo cambió una madrugada en que iba yo curado como tagua en el auto de mi papá y me salió la famosa canción y me acordé de Nati, de Nata, y me puse a cantar a voz en cuello, con evangélico entusiasmo, esa letra lamentable del amor después del amor. En la esencia de las almas. En la ausencia del amor. Para mí que es el amor después del amor. Y nadie puede, nadie debe, vivir (¡vivir!) sin amor. Mi mami y Luciano, el amor después del amor se parece a este rayo de sol.

¿Cuánto se habrá demorado Fito Páez en escribir esa letra? ¿Cinco minutos? ¿Diez segundos? ¿O nunca la escribió y cuando había que llenar la música le dijeron «algo tenés que cantar, flaco», y él dijo lo primero que se le vino a la cabeza? Tiene otras canciones buenas, pero esa... Una llave por otra llave y esa llave es amor. Y puede que la canción sea muy mala pero dice una verdad del porte de un buque, pensé en el auto aquella noche. Y recuerdo que cuando pensé eso acababa de comerme un completo delicioso, pero no consigo recordar si fue en una Shell o una Copec. Y después vomité en el manubrio, creo.

Esa misma semana traté de vender todos los libros que tenía en casa, pero no eran muchos, no me alcanzaba para el pasaje. Cuando mi mamá supo que yo de verdad quería ir convenció a Luciano para que me lo pagara. Conversé con harta gente en el avión, fueron todos muy amables. Al verme mi mamá abrió los brazos como haciendo yoga y se echó a llorar y me explicaba todo. En sus frases había un tinte fronterizo, de pronto sonaba casi como argentina. Me fijé en que duplicaba el complemento directo en casos como *yo lo vi a tu padre desnudo y sentí asco* o *yo la encontré a la perra pero me mordió*. En su habla la preeminencia del pretérito perfecto simple por sobre la forma compuesta era absoluta. En cuanto a mi relación con Luciano, poco a poco nos fuimos acercando, y ahora no sé qué sería de mí sin su compañía, sin su comprensión.

Me fui quedando con ellos, hasta que me propusieron que viviera permanentemente acá. Y no fueron ellos quienes me convencieron, yo mismo decidí convertirme en argentino.

Ser argentino tiene muchas ventajas. Para qué hablar de música o de fútbol (ahora sí que me gusta). Ser argentino te permite algo muy valioso: no ser chileno. ¿Qué más se puede pedir? Acá hay educación gratuita. Y no importan los apellidos, somos todos inmigrantes. Y a nadie le parece escandaloso que cambies de opinión a cada rato. Y nadie cree en Dios, por lo tanto nadie cree en el Diablo. Y a mí no me gustan los hombres (creo), pero me reconforta saber que si me empiezan a gustar hasta me podría casar con algún chabón. Me gusta este país, me quedaría acá para siempre. En cada esquina descubro que es cierto lo que decía la Natalia, Nati, Nata querida: dondequiera que estés, sí, Buenos Aires es como todas las ciudades del mundo pero un poco más hermosa y bastante más fea. Y claro que quiero a mi papá. De vez en cuando lo llamo, está mejor, lo pasa bien en Chile. Pero también lo quiero a Luciano, le hago el aguante. Los domingos vamos a la cancha y después a lo de Mazzini a tomar unas birras. A veces le digo te estás garchando a mi vieja, pelado, te voy a romper el orto, y él se ríe, es un groso.

EL CÍCLOPE

Primero hay que vivir, decía Claudia, y era difícil no estar de acuerdo: antes de escribir había que vivir las historias, las aventuras. A mí no me interesaba, por entonces, contar historias. A ella sí, es decir no, no todavía; quería vivir las historias que quizás años o décadas después, en un incierto y sosegado futuro, contaría. Claudia era cortazariana a más no poder, aunque su primera aproximación a Cortázar había sido, en realidad, un desengaño: al llegar al capítulo 7 de *Rayuela* reconoció, con pavor, el texto que su novio solía recitarle como propio, por lo que terminó con él y comenzó, con Cortázar, un romance que tal vez aún perdura. Mi amiga no se llamaba, no se llama Claudia: protejo, por si acaso, su identidad, y la del novio, que entonces era ayudante de cátedra y seguro que ahora da clases sobre Cortázar o sobre Lezama Lima o sobre intertextualidad en alguna universidad norteamericana.

A esas alturas de 1993 o 1994, Claudia ya era, sin duda, la protagonista de una novela larga, bella y compleja, digna de Cortázar o de Kerouac o de cualquiera que se atreviera a seguir su vida rápida e intensa. La vida de los demás, la vida de nosotros, en cambio, cabía de sobra en una página (y a doble espacio). A los dieciocho años Claudia ya había ido y vuelto varias veces: de una ciudad a otra, de un país a otro, de un continente a otro, y también, sobre todo, del dolor a la alegría y de la alegría al dolor. Llenaba sus croqueras con lo que yo suponía que eran cuentos o esbozos de cuentos o quizás un diario. Pero la única vez que aceptó leerme unos fragmentos descubrí, con asombro, que escribía poemas. Ella no los llamaba poemas sino *anotaciones*. La única diferencia real entre esas anotaciones y los textos que en ese tiempo yo escribía era el nivel de impostura: transcribíamos las mismas frases, describíamos las mismas escenas, pero ella las olvidaba o al menos decía olvidarlas, mientras que yo las pasaba en limpio y perdía las horas ensayando títulos y estructuras.

Deberías escribir cuentos o una novela, le dije a Claudia esa tarde de viento helado y cerveza fría. Has vivido mucho, agregué, torpemente. No, respondió, tajante: tú has vivido más, tú has vivido mucho más que yo, y enseguida empezó a relatar mi vida como si leyera, en mi mano, el pasado, el presente y el futuro. Exageraba, como todos los narradores (y como todos los poetas): cualquier anécdota de la niñez se volvía esencial, cada hecho significaba una pérdida o un progreso irreparables. Me reconocí a medias en el protagonista y en los decisivos personajes secundarios (ella misma era, en esa historia, un personaje secundario que poco a poco iba cobrando relevancia). Quise corresponder a esa novela improvisando la vida de Claudia: hablé de viajes, del difícil retorno a Chile, de la separación de sus padres, y hubiera seguido, pero de pronto Claudia me dijo cállate y fue al baño o dijo que iba al baño y tardó diez o veinte minutos en volver. Venía a paso lento, encubriendo, apenas, un miedo o una vergüenza que no le conocía. Perdona, me dijo, no sé si me gustaría que alguien escribiera mi vida. Me gustaría contarla yo misma o tal vez no contarla. Nos echamos en el pasto a intercambiar disculpas como si compitiéramos en un concurso de buenas maneras. Pero hablábamos, en realidad, un lenguaje privado que ninguno de los dos quería o podía traducir.

Fue entonces cuando me contó lo del capítulo 7 de *Rayuela*. Yo conocía al ayudante y sabía que había sido novio de Claudia, por lo que la historia me pareció aún más cómica, pues me lo imaginaba convertido en el cíclope del que hablaba Cortázar («... y entonces jugamos al cíclope, nos miramos cada vez más de cerca y los ojos se agrandan, se acercan entre sí, se superponen...»). Aguanté la risa hasta que Claudia soltó una carcajada y me dijo que era mentira, pero los dos sabíamos que era verdad. A mí Cortázar no me gusta tanto, lancé de repente, a pito de nada, quizás para cambiar de tema. ¿Por qué? No sé, no me gusta tanto, repetí, y volvimos a reír, esta vez sin motivo, ya liberados de la agobiante seriedad.

Sería fácil, ahora, rebatir o confirmar esos lugares comunes: si has vivido mucho escribes novelas, si has vivido poco escribes poemas. Pero no era esa exactamente nuestra discusión, que tampoco era una discusión, o al menos no de esas en que uno pierde y el otro gana. Queríamos, tal vez, empatar, seguir hablando hasta que soltaran a los perros y tuviéramos que huir, borrachos, saltando la reja celeste. Pero aún no estábamos borrachos y al guardia le daba lo mismo si nos íbamos o seguíamos conversando toda la noche.

70

PENÚLTIMAS ACTIVIDADES

1. En un archivo de Word, en un máximo de cinco mil caracteres con espacios, describe, con la mayor precisión posible, la casa en la que vives. Fíjate especialmente en las paredes. Considera las grietas, las manchas, las huellas de clavos y perforaciones. Piensa, por ejemplo, en la cantidad de veces que esas paredes han sido pintadas. Imagina las brochas, los galones de pintura, los rodillos. Piensa en las personas que pintaron esas paredes. Evoca sus rostros, invéntalos.

Considera luego las goteras, las imperfecciones del suelo, las alfombras (si las hubiere), los cajones que no cierran del todo, los utensilios de cocina, el estado de las manillas y de los interruptores, la forma y la calidad de los espejos (si los hubiere): pon especial atención a lo que los espejos reflejan cuando nadie los mira y recae sobre ellos la sospecha de su inutilidad.

2. Ordena los libros que haya en tu casa según su tamaño, pero no de mayor a menor, sino formando especies de olas o pirámides. No pienses, por favor, en la posibilidad de leerlos, no es ese el sentido de esta actividad. Tampoco te fijes en los títulos ni en los autores: enfrenta los libros

como si fueran meros ladrillos imperfectos. Luego préndeles fuego y contempla las llamas desde una distancia prudente. Deja que el incendio crezca, pero procura que no se vuelva incontrolable. Respira un poco de humo, cierra los ojos cada tanto, ojalá no más de diez segundos. Piensa esto: todo incendio, por leve o fugaz que sea, es un espectáculo. Piensa en las nubes cuando arden los árboles. Enseguida trata de extinguir el fuego. Hazlo con serenidad y esmero, en lo posible con elegancia. Finalmente mira al cielo, donde debería estar Dios o alguno de sus epígonos, y da las gracias.

Si pudiste controlar el incendio, si no estás, a estas alturas, muerto o a bordo de alguna ambulancia, si conseguiste –con o sin fe– dar las gracias a Dios o a alguno de sus epígonos, verás que hay libros carbonizados e irreconocibles, y otros a medio quemar, o casi completamente destruidos pero reconocibles, incluso legibles, y también un grupo de ejemplares casi intactos, quizás un poco mojados o tiznados, pero recuperables. Junta los libros arruinados, deposítalos en maletas que no uses con frecuencia o bien en bolsas de basura reforzadas, tamaño grande o gigante; camina hasta el río más cercano, arroja los bultos a la corriente, mira al cielo y da las gracias, pero esta vez sin mayor ceremonia, sin énfasis, con verdadera familiaridad hacia Dios o hacia sus epígonos o hacia la entidad que cumpla o debería cumplir una cierta función trascendente.

En el caso de que no hubiera un río razonablemente cercano, deja las bolsas en el lugar donde, si vivieras en otra ciudad, en una ciudad diseñada –bien o mal– por ti, debería haber un río. Quédate mirando la corriente, concéntrate en la corriente hasta que sientas que avanzas.

De vuelta en casa lee los libros que sobrevivieron al incendio, y a) saca tus conclusiones, no elabores demasiado tus teorías: simplemente postula algunos sentidos, por abstrusos que sean, para el hecho justo o injusto, pero siempre caprichoso, de que hayan sido esos y no otros los libros salvados del incendio, y b) piensa, pero sin una gota de dramatismo ni de autocompasión, si esos libros podrían, de alguna manera, salvarte a ti.

3. Anota tus impresiones sobre la actividad número 2 en un archivo de Word, tipografía Perpetua tamaño 12, interlineado doble, y en un mínimo de veinte mil caracteres con espacios.

4. Repite la actividad número 2 hasta que no quede en tu casa ningún libro legible o reconocible. Da las gracias siempre, no hará falta que mires al cielo, solamente alza las cejas. Y concéntrate cada vez en el río, en la corriente (hasta que sientas que avanzas).

Luego, ya sin libros, empieza otro archivo. Escribe ahora sin restricciones de espacio, con la tipografía que más se parezca a tu propia letra, al recuerdo de tu propia letra manuscrita. Ahora sí habla sobre tu vida: sobre la infancia, sobre el amor, sobre el miedo. Y sobre lo contrario del miedo, lo contrario del amor, lo contrario de la infancia. Y sobre el hambre, la tos, todo eso. Haz memoria, no idealices, pero tampoco evites la idealización. Si hablas de personas que alguna vez fueron cercanas pero ahora te parecen remotas, no teorices sobre la distancia; intenta comprender esa antigua cercanía. No evites los sentimentalismos ni los gerundios.

Después selecciona todo el texto, cópialo en otro archivo y borra los personajes que sinceramente crees que habría sido mejor que nunca hubieran nacido, porque te hicieron daño a ti o a las personas que amas.

5. Junta todos los archivos en uno, en el orden que prefieras. La configuración de la página debe ser A5, el interlineado sencillo y la letra opcional, pero se sugiere Perpetua, tamaño 12. Enumera las páginas en posición inferior-derecha, busca un título, fírmalo con tu nombre o con un seudónimo o con el que crees que debería haber sido tu nombre, con el nombre que hubieras preferido tener. Solo entonces, por primera vez, imprímelo todo y aníllalo. Has escrito un libro y esta vez no tienes que agradecérselo a nadie. Has escrito un libro, pero no lo publiques. Si quieres escribe otros y publícalos, pero ese libro no lo publiques nunca.

III. Léxico familiar

POR SUERTE ESTAMOS EN MÉXICO

Desde hace seis meses vivimos en la Ciudad de México, muy cerca del Bosque de Chapultepec. Me gustaría hablar de ese parque, del castillo, del lago, de las beligerantes ardillas que trepan por los ahuehuetes y los fresnos, pero no está el clima como para salir a reportear: los chilangos llaman «verano» a estos días más bien fríos y nublados, a estas tardes de aguaceros inminentes.

Exagero, acá no hace frío. Y en Santiago sí que hace. Exagero porque a veces quiero estar allá. Cada mañana, con el café, pongo las noticias chilenas, que a lo largo del día repercuten, para bien y para mal, en mi cabeza. «Parece que en Chile no pasa nada», me dice a veces mi esposa, que es mexicana y ha vivido casi siempre aquí. No lo dice en serio, pero tampoco totalmente en broma: comparar países es tan absurdo como inevitable, aunque las conclusiones sean siempre elementales, injustas o provisorias. Y tampoco es tan estimulante jugar a cuál país es menos malo.

Nos conocimos en territorio neutral, por lo que tuvimos luego que decidir entre dos destinos, entre dos casas. Comparado con México, a primera y quizás también a segunda vista, Chile parece, en casi todos los aspectos, una taza de leche, o un paraíso, o un adolescente que da sus primeros malos pasos. Nos decidimos, igual, por México, pero pensando en vivir en Chile algún día.

A veces comento, medio furioso, esas noticias chilenas, y quedo completamente expuesto a que mi esposa –llamarla así me suena un poco menos ridículo que decirle «mi mujer»– me responda, con razón, que en México todo anda mucho peor. Otras veces me guardo, me callo las noticias: casi sin proponérmelo, me comporto como el funcionario ideal de una oficina de turismo. Quiero que la idea de vivir en Santiago le guste, le siga gustando.

También hay días y hasta semanas en que estoy menos pendiente de Chile; me vuelvo, por así decirlo, más mexicano, y eso me agrada, porque México absorbe y confunde, pero también acoge y premia y mezcalea. Y son cada vez más frecuentes los momentos en que puedo ver, con claridad, cómo se confunden en nosotros los dos países. El sábado antepasado, el de la nevada y el apagón, me hice a la idea de que estaba en Santiago y pasé todo el día en una oscuridad imaginaria, indignado con Enel. Le conté luego a mi esposa, quizás para demostrarle que en Santiago estaba todo pasando, que la ciudad había amanecido cubierta de nieve. Me dijo que aún se hablaba, en su familia, de una nevada en el DF de hace décadas, pero que ella no podía siquiera imaginarse la ciudad, su ciudad, nevada.

Me distraje con la idea del Bosque de Chapultepec completamente blanco: me imaginé caminando por ahí, resbalando, entumido, con malos zapatos. Soñé con eso; soñé que mi esposa estaba embarazada, como de hecho está en la realidad, y que yo la buscaba por Chapultepec cubierto de nieve, y que caminaba con cuidado, pero también sentía que podía, por ejemplo, patinar. Y creo que patinaba, para acelerar la búsqueda, con relativa destreza, en los últimos instantes, en los últimos metros del sueño.

Hoy tocaba el ultrasonido de las veintiuna semanas. Llegamos temprano, en la sala de espera tratamos de ver un matinal tristísimo. Le digo que quiero escribir una columna, esta columna. Sobre qué, me pregunta. Quiero escribir sobre el aborto, pero no quiero decírselo ahí; me avergüenza, de pronto, la sola mención de la palabra. Es una mezcla de superstición y pudor.

Se lo digo, claro. Le explico la discusión en el contexto chileno; le cuento, apabullado, que la ley solo considera tres causales y cuáles son. No es esta una de las noticias que he callado, pero sí prefería no hablarle demasiado al respecto. En la Ciudad de México el aborto es, por supuesto, como debe ser: libre, seguro y gratuito.

Jazmina me da ideas para la columna. Recordamos «Colinas como elefantes blancos», el famoso cuento de Hemingway. Recordamos un ensayo terrible y hermoso de Natalia Ginzburg a favor del aborto. Seguimos esperando, en silencio. Nos hacen pasar: vemos, en el monitor, las imágenes que deseábamos, que esperábamos. Está todo bien. Estamos felices. Hacemos malas bromas.

De vuelta en casa, ella me dice exactamente esto: «Nunca antes estuve tan de acuerdo con el aborto como durante los cinco meses que llevo embarazada.» La frase suena dura, pero no lo es. Y tampoco es un chiste, desde luego: cinco meses de un embarazo planeado, tranquilo y feliz le han permitido una comprensión cabal de lo que hubiera sido un embarazo no planificado, riesgoso e infeliz. Prepararse para recibir un hijo, buscarlo, aceptarlo, quererlo en su cuerpo, le ha permitido imaginar lo doloroso que sería tener que resignarse, por culpa de una prohibición estúpida, a recibir a un hijo no deseado.

Por la noche me quedo frente al computador mirando videos del debate legislativo y releyendo artículos de la prensa chilena. Ella se sienta a mi lado. Me pide que repita algunos videos. Hay cosas, hay frases, hay expresiones que no puede creer. Hay apellidos que yo quisiera no pronunciar nunca más. Está conmovida, paralizada. Está triste. No me lo dice, pero sé que, por primera vez, Chile le parece un lugar extraño o espantoso o incomprensible. Qué suerte que estamos en México, me dice luego, por la noche, antes de dormir, con el último hilo de voz. No le pregunto por qué.

ASÍ QUE ESTO ES UN TERREMOTO

En el terremoto de Chillán, de 1939, mi abuela perdió a casi toda su familia. Crecimos escuchándola relatar la muerte de su madre: estaban en la misma habitación, pero en rincones opuestos, no alcanzaron a abrazarse. Mi abuela, que entonces tenía veintiún años, estuvo horas tragando tierra antes de que su hermano consiguiera rescatarla. Sobrevivió de milagro y se convirtió luego en la persona más divertida del planeta, pero cuando nos contaba esta historia todo terminaba en un generoso llanterío.

–La verdad, no está claro que mi abuela tuviera, para el terremoto del 39, veintiún años. Nunca supimos su edad con certeza. Ni siquiera ante las apremiantes velas de la torta de cumpleaños se animaba a confesarla.

–El terremoto era el consabido final de muchas de sus historias. Eran chismes sabrosos, pequeños escándalos, traiciones y desacatos, protagonizados por amigos o conocidos de su juventud. Historias cómicas con final trágico.

–De pronto interrumpía sus relatos para cantar, con su impecable voz de soprano, una canción tristísima y patriótica cuyo estribillo decía «Chillán, oh mi querido Chillán». Ella misma la había escrito. A veces prefería silbarla y movía la cabeza como bailando, visiblemente satisfecha con la melodía.

Mi abuela pasó con nosotros el terremoto de marzo de 1985. Yo estaba jugando taca-taca con mi primo Rodrigo, recuerdo que le iba ganando: el equipo blanco mío le ganaba al equipo azul de él. Mi abuela nos agarró de un ala para llevarnos al patio. Nos abrazó muy fuerte. Luego llegaron mi mamá y mi hermana, y cinco o diez angustiosos segundos más tarde apareció mi papá. Esa noche pensé, con estas palabras exactas: así que esto es un terremoto.

–Fue el 3 de marzo, el último domingo de las vacaciones de verano. Esa tarde habíamos visto el empate de Chile con Ecuador, en Quito, por las clasificatorias al Mundial de México 86. Recuerdo que el Pato Yáñez se mandó un partidazo y que el Cóndor Rojas estuvo a punto de meter un gol de arco a arco.

–Salvo aceptar, a regañadientes, el final del verano, no había mucho que hacer después del partido. Mi primo y yo estábamos en el patio, jugando a los penales, cuando inesperadamente se nubló y sobrevino un frío inusual. No entendimos el presagio, pero igual quisimos entrar a la casa y cambiar de juego.

–Hay una versión de este terremoto al comienzo de mi novela *Formas de volver a casa*. Era reacio a la idea, no quería hablar de ese ni de ningún terremoto, no quería una novela con efectos especiales. Y sin embargo, como suele pasar, al resistirme a esa escena le daba forma, la imaginaba, hasta que ya no pude negar su existencia.

–Los niños dentro de una carpa haciéndonos los dormidos, los adultos lanzados en un tímido e incesante guitarreo; los adultos compartiendo, por primera vez. Recuerdo el asombro que me produjo verlos vencer la desconfianza, aunque quizás es un recuerdo falso; quizás entonces, a los nueve años, no lo percibí de esa manera.

–La gran mayoría de los adultos me parecían aburridos: silenciosos, seriotes, autoritarios. La misma palabra *adulto* sonaba tan fea. Aún no entendía cabalmente que tenían miedo, que debían ser cautos. Que en ese mundo de mierda era mejor no saber demasiado de los vecinos.

–En la versión ficcional no figuran ni mi primo Rodrigo ni mi hermana Ingrid, y por supuesto no soy exactamente yo esa primera persona que habla, que recuerda. Tampoco figura mi abuela, que murió en agosto de 2008, el mismo año en que empecé a escribir esa novela.

–Hubo momentos bien novelescos, que sin embargo no quise aprovechar para *Formas de volver a casa*. Quería que fuera, por decirlo de algún modo, una novela poco novelesca. Pienso, por ejemplo, en la escena en que mi primo y yo, desafiando la oscuridad y la vigilancia de los mayores, entramos a la casa a buscar unos autitos Matchbox.

Pocos meses después, en septiembre, vino el terremoto mexicano. Pegados a la tele, vimos una y otra vez las horrorosas imágenes de la Ciudad de México destruida. Esa noche le pedí a mi papá que fuéramos a ayudar a los damnificados. Lanzó una risotada y me explicó que México quedaba lejos, a muchas horas en avión. Me dio vergüenza. Yo tenía nueve años y parece que nunca había mirado un mapa. Quizás por la tele o por la música, creía que México quedaba tan cerca como Perú o Argentina.

–Estoy casi seguro de que durante ese diálogo comíamos las últimas empanadas de esas Fiestas Patrias. La coincidencia de fechas es casi absoluta –el 16 mexicano es el 18 chileno–, aunque eso entonces no lo sabía.

Me salto a febrero de 2010. La noche del terremoto, el segundo de mi vida, estaba solo, vivía solo. Pensé, como tantos chilenos, que era el fin del mundo. Pensé, sobre todo, que no tenía nadie a quien proteger.

–Salí, con el celular como linterna, a buscar noticias, o tal vez solo esperaba que amaneciera. Recuerdo que pensaba en la expresión «seres queridos» y en esa frase que aparecía a cada rato, en cada esquina, tan necesaria, verdadera y falsa al mismo tiempo: «estamos bien».

Al día siguiente busqué, entre el desorden de libros, «Un hombre solo en una casa sola», el poema de Jorge Teillier, y me lo aprendí de memoria. Quizás quería reírme de mí mismo –de mi autocompasión, de mi tristeza–, pero no me salía la risa: «Un hombre solo en una casa sola / No tiene deseos de encender el fuego / No tiene deseos de dormir o estar despierto / Un hombre solo en una casa enferma.»

–La frase «entre el desorden de libros» es equívoca. No quise dar a entender un derrumbe de las estanterías o algo así. Nada de eso pasó. El desorden era previo, claro: cuarenta o cincuenta libros apilados en los peldaños de la escalera, por ejemplo, que por supuesto terminaron en el suelo, pero no mucho más. *El molino y la higuera*, el libro de Teillier donde figura ese poema, seguía en la letra T del estante de poesía chilena.

–Por entonces acababa de cerrar una primera versión de *Formas de volver a casa*. El terremoto de 1985 cobraba, ahora, contingencia, y la alusión se volvía rutinaria, pedestre. Me desalentaba pensar en eso. Tardé unos meses en comprender o aceptar que este nuevo terremoto me había corregido la novela.

–Viví la segunda mitad de ese año 2010 en la Ciudad de México. En lugar del bicentenario chileno me tocó el bicentenario mexicano. Me dediqué a pergeñar unos relatos, pero sobre todo corregí *Formas de volver a casa*. A última hora, cuando ya casi no había oportunidad de insertar cambios, agregué, por ejemplo, este párrafo: «Si había algo que aprender, no lo aprendimos. Ahora pienso que es bueno perder la confianza en el suelo, que es necesario saber que de un momento a otro todo puede venirse abajo. Pero entonces volvimos, sin más, a la vida de siempre.»

–¿Tembló en la Ciudad de México durante esos meses del año 2010? ¿Sentí temblar, alguna vez, en el departamento de la Narvarte donde vivía? Estoy casi completamente seguro de que no. En mi diario de esos meses hay cinco alusiones a terremotos, pero todas relacionadas con la idea angustiosa de que terremoteara en Chile estando yo tan lejos.

Ahora mi casa queda en la Ciudad de México y estoy menos solo que nunca. Y supongo que estos dos terremotos al hilo, en dos semanas, me han vuelto menos extranjero. Cuando empezó el primero, el del 7 de septiembre, tenía el

85

oído izquierdo y la mano derecha en el vientre de Jazmina, embarazada de casi siete meses. Y ayer, 19 de septiembre, cuando empezó el segundo, acababa de escribir el primer párrafo de esta columna. Era otra columna, por supuesto: ya ni me acuerdo de qué se trataba.

–Sí me acuerdo: era sobre la llegada a México de Mati Fernández, a jugar en el Necaxa.

–El 7 de septiembre acabábamos de terminar un capítulo de *Game of Thrones.* Jazmina quiso acomodarse para dormir o dormitar. Con la mano en su panza comprobé que la guagua seguía perfeccionando sus golpes de karate. Y empezó el temblor.

–No teníamos plan de contingencia. Me costaba, me cuesta todavía descifrar las cerraduras mexicanas; las llaves, las bocallaves son tan distintas a las chilenas. El 7 de septiembre Jazmina tuvo que arrebatarme el llavero para abrir la puerta de una vez. Y también el 19.

Ayer dimos unas vueltas, a veces ayudamos, a veces estorbamos, mandamos mensajes de texto, respondimos correos, hablamos por teléfono, es decir, como siempre, hicimos lo que pudimos, y sentimos que no fue mucho, que no fue suficiente. Pero al menos, al final del día, conseguimos encontrar a Frank y a Jovi, dos de nuestros más queridos amigos, en una plaza de la colonia Roma. «Estoy bastante mejor de la rodilla», dijo Frank, con un optimismo a toda prueba, inmediatamente después de acomodar sus muletas en el asiento trasero del auto.

–Media hora después del terremoto recibí la llamada de mi amiga Andrea. Solo al final de la conversación supe que no estaba, como yo suponía, en Santiago, sino en Puerto Rico, en la angustiosa espera del huracán María, que al día siguiente tocó tierra.

Para el primer terremoto Frank estaba recién operado y no podía apoyar el pie izquierdo. Bajó seis pisos en calzoncillos y muletas, ayudado por Jovi, y pasaron horas en la plaza, frente al edificio, antes de decidirse a volver al departamento, que quedó plagado de grietas, aunque, según los ingenieros, sin daños estructurales. Con el terremoto de ayer, sin embargo, el edificio entero estuvo a punto de derrumbarse, y bajar los seis pisos fue casi imposible.

«Eres experto en terremotos, todos los chilenos son expertos en terremotos», me dice Frank, ahora. Le respondo que mi especialidad son los terremotos chilenos, que en materia de terremotos mexicanos soy apenas un principiante. Y sonreímos, como si no fuera cierto.

–Es absurdo comparar terremotos. Es absurdo escribir sobre terremotos; sentarse a escribir, como si hubiera tiempo.

–Todavía no digo con naturalidad estas frases nuevas: mi primer terremoto mexicano, mi segundo terremoto mexicano.

–Los párrafos pilares de este texto forman parte de una crónica publicada el 22 de septiembre en la revista *Qué Pasa*. La escribí más bien rápido y la corregí mentalmente mientras movía unas cajas en un centro de acopio y ayudaba luego en una bodega de herramientas, en La Condesa. Casi siempre corrijo quitando, pero esa vez corregí agregando.

–Días más tarde, conversando con Guadalupe Nettel, surgió la idea de intentar una versión larga de esa crónica. Me parecía posible, había tantos detalles, tantos matices perdidos. A la hora de modificarlo, sin embargo, sentí que falseaba el texto, que lo sometía, que lo dañaba. Decidí, entonces, respetarlo hasta en las cacofonías y añadir nada más que estos comentarios.

–Voy a seguir agregando frases, de eso estoy seguro: voy a seguir abriendo este archivo. La primera crónica, la que no quise modificar, terminaba así:

Hace unos años, en la pared principal de ese departamento al que ya no volverán, Frank y Jovi colgaron un mapa enorme, de dos por dos, de la Ciudad de México. Pero un mapa enorme de la Ciudad de México igual es casi completamente indescifrable sin una lupa y un montón de paciencia. Acaba de largarse a llover, todavía esperamos las réplicas y estamos todos muy tristes, pero yo pienso que quiero vivir aquí muchos años, hasta aprenderme ese mapa de memoria.

TRADUCIR A ALGUIEN (I)

1

El gringo tenía doce años, como casi todos nosotros, y se llamaba Michael González o John Pérez o algo por el estilo: un nombre común en inglés y un apellido igual de común pero en español. Había crecido en Chicago con sus padres chilenos, por lo que su español era casi igual que el nuestro, y su inglés sonaba como en las películas. Le pedíamos, fascinados, que lo hablara en los recreos, y el gringo era tímido pero también alegre y paciente, así que aceptaba; como un mago dispuesto a revelar sus trucos más sencillos, divagaba a media voz sobre cualquier cosa, y hasta contestaba nuestras preguntas, que eran todas harto elementales: cómo se dice *pico,* cómo se dice *zorra,* cómo se dice *culiar.*

Una tarde, después de una dramatización grupal, la profesora de inglés decidió que la pronunciación de Michael (o John) era defectuosa y le puso un 5. Nos costó entender que la profesora ni siquiera se hubiera enterado de la existencia del gringo. Era una mujer de treinta y tantos, de cara regordeta y actitud jovial, con las cejas pintarrajeadas de azul, siempre a punto de sonreír y fumar. La queríamos, nos caía bien, era mucho más cálida y abordable que la mayoría de nuestros profesores. Esa tarde tratamos, entre varios, de explicarle su error. Ella quiso pruebas, pero el gringo ejercía su timidez fondeado en los cuadernos. Por fin, cuando el silencio se volvía insoportable, el gringo se puso de pie y se lanzó a hablar con inesperada locuacidad, mucho más alto y rápido de lo que solía hacerlo en los recreos, con la cara enrojecida, como si hablar inglés fuera motivo de vergüenza, y había también algo desesperado en sus para nosotros incomprensibles tiradas de palabras. Habló como cinco minutos, no entendí nada salvo la palabra *Chile,* que aparecía cada tanto. «No sabía que eras gringo», fue todo lo que respondió la profesora, tratando de disimular la humillación.

El episodio se me hace ahora esencialmente cómico, pero entonces nos pareció trágico y tratamos de archivarlo de inmediato, porque la repentina seriedad de la profesora representaba una amenaza; la preferíamos, la necesitábamos alegre: que nos quisiera de vuelta era mucho más importante que aprender inglés.

Por la música o por las películas o por el ruido ambiente, yo tenía o creía tener cierta precaria familiaridad con el inglés. Estudiarlo me entusiasmaba, y aunque hay tantas cosas sobre ese tiempo que he olvidado o que tergiverso, recuerdo nítidamente el placer –el orgullo– de armar una frase y conseguir el milagro de darme a entender en otra lengua. Una tarde, sin embargo, en plena interrogación, me dejé llevar por el maldito entusiasmo y levanté la mano automáticamente, con apenas una vaga idea de lo que se nos preguntaba. Me vi en un callejón sin salida y quise librarla pronunciando la palabra *alimentation* –tenía en la cabeza el paradigma de palabras como *pronunciation, information* o *generation* y me animé a correr el riesgo, con resultados desastrosos, porque la profesora soltó una de sus contagiosas risotadas y dijo con serenidad y dulzura: esa palabra no existe.

Sobrevino un doloroso griterío burlesco y en el acto me autoimpuse el razonable castigo de no volver a participar en esa clase durante el resto del año. También decidí mantenerme lejos del gringo, que no tenía velas en ese entierro, pero igual era el representante oficial de esa lengua en la que yo había fracasado estrepitosamente. Hacia el final del año solo nos saludábamos, con una sonrisa amable, eso sí. Una mañana nos encontramos a dos cuadras del colegio y la perspectiva de caminar juntos, medio obligados a conversar, era incómoda para ambos, pero creo que ya entonces era yo un falso tímido, así que me largué a hablar de cualquier cosa y él también se animó. Me contó que se iría del colegio, porque su familia tenía que volver a Chicago. Le dije que lo extrañaría, aunque no sé si era cierto, y él pareció feliz de que se lo dijera, pero quizás le daba lo mismo. Le pregunté qué pensaba ahora de la profesora. Me respondió que le caía bien. De puro carbonero le pregunté si era, a su juicio, una buena profesora. Asintió. Le recordé el incidente a comienzos de año y me dijo con parsimonia, en un tono entre filosófico y melancólico, que había muchas formas de hablar inglés. Le hablé entonces de mi propio resbalón con la palabra *alimentation*, pero el gringo no lo recordaba. No le creí, pensé que lo decía de buena onda, pero al parecer en efecto no lo recordaba. Minutos antes de que empezaran las clases, cuando ya estábamos cada uno en rincones opuestos de la sala, se me acercó para decirme que estaba casi seguro de que la palabra *alimentation* sí existía; que era una palabra vieja, que se usaba muy poco, pero existía. Ni siquiera se me había ocurrido esa posibilidad. En el recreo partimos a la biblioteca a pedir un diccionario. Estoy casi seguro de que esa palabra existe, repitió el gringo entre dientes mientras pasábamos arrebatadamente las páginas. Y ahí estaba, la encontramos: creo que la palabra *alimentation* hasta brillaba en ese viejo e inmenso diccionario.

2

A los quince años, en una fiesta, unos tipos rubios de un colegio bilingüe, que en la memoria se me aparecen como unos caricaturescos cuicos, se pusieron a hablar en inglés y en voz muy alta sobre sus ocasionales enemigos, que éramos nosotros. Captamos la idea general –nos acusaban de morenos, de feos, de pungas–, pero no lo suficiente como para contestarles. Me impresionó escucharlos hablar con tanta soltura y me dio rabia, por supuesto, no entender o entender tan poco. Después de unos cuantos empujones nos echaron de la fiesta y, como volvimos demasiado temprano, en la casa del Parraguez, donde alojábamos, no había nadie, así que abrimos unos vinos que pillamos en el entretecho. Coronando la que debe haber sido la primera o la segunda o a lo sumo la quinta borrachera de nuestras vidas, nos pareció divertido imitar a esos niños angloparlantes de colegio caro y así empezó una tradición duradera y lamentable: cada vez que nos emborrachábamos nos poníamos a hablar inglés e incluso usábamos la expresión «hablar inglés» como eufemismo o como contraseña para aludir a esas borracheras.

Cuando, unos años más tarde, en 1998, para conseguir trabajo como telefonista internacional, dije que hablaba inglés en nivel intermedio, mis sesiones prácticas de *speaking* se remitían de forma casi exclusiva a esas disparatadas conversaciones al final de las fiestas. No sabía inglés pero tampoco sería exacto decir que lo ignoraba. Había querido seguir estudiándolo, pero sin verdaderas ganas, porque la idea de mejorarlo lidiaba con la impresión de que valía más la pena estudiar taekwondo o violín o quiromancia o cualquier otra cosa, incluso cualquier otro idioma, porque el inglés estaba ahí de todos modos; era casi imposible no percibir en el ambiente algunos rudimentos, lo que sumado a las dos horas semanales durante seis años de colegio propiciaba mi sensación de que algo sabía o de que, en cualquier caso, no era urgente seguir estudiándolo. Por lo demás, la persistente cantinela sobre la importancia del inglés en el competitivo mundo de hoy me quitaba las ganas. Yo quería aprender inglés para leer novelas y para ver películas sin necesidad de anteojos y para pronunciar mejor algunas letras de los Kinks o de Neil Young, no para prosperar en los negocios.

Por suerte el trabajo no era difícil. Lograba comunicarme razonablemente bien con la mayoría de mis colegas dispersos por el mundo y ni siquiera me ponía nervioso cuando me tocaba hablar con mis pares de París o de Ámsterdam o de Tokio, porque todos hablábamos más o menos el mismo mal inglés. Pero cuando tenía que llamar a Londres o a Chicago o a Sídney todo se volvía cuesta arriba, pues entonces había que hablar, como decíamos, inglés-inglés. Personificábamos nuestros problemas de comunicación en la figura de Chad, un altivo telefonista de la oficina de Chicago que no perdía oportunidad de manifestar lo atroz que le parecía nuestro inglés o nuestro servicio o nuestra existencia. «Tuve que hablar con un Chad» o «me tocaron un par de Chads» significaba, específicamente, que habíamos sostenido un diálogo desagradable y un poquito humillante. En mi caso solía toparme con el mismísimo Chad (el original). «There are many different ways of speaking English», me acuerdo que le dije una vez, íntimamente orgulloso de citar al gringo. No me respondió.

Como una torcida manera de mejorar mi inglés, empecé por entonces a traducir poesía. Era solo una coartada para tranquilizarme internamente cuando el jefe nos instaba a mejorar el inglés. Ahora que lo pienso, había en mi pasado inmediato cuatro semestres de latín, que aprendíamos traduciendo, de manera que enfrentar el inglés como si fuera una lengua muerta era más o menos natural. A veces ni siquiera llegaba a traducir, en todo caso: lo que hacía era nada más que tomar notas que me permitieran leer a Auden o a Emily Dickinson o a Robert Creeley con mayor precisión y profundidad. Leer en inglés, por ejemplo, la poesía temprana de Ezra Pound era para mí tan laborioso como leer en español a César Vallejo o a Gabriela Mistral. No pienso solamente en las presuntas dificultades, sino también en el pacto de lectura, en el ritmo, en la clase de concentración requerida. Trataba de corregir o de adaptar o de «desespañolizar» las traducciones de Auden o de Emily Dickinson de las ediciones de Visor o Hiperión o Pre-Textos. En cuanto a Creeley, un poeta del que entonces no había libros en español, lo que intentaba era simplemente una primera lectura.

Por ahí debe andar, espero, un cuaderno rojo, marca Torre, con mis versiones de Emily Dickinson. No eran más de quince poemas, copiados cada uno decenas de veces, pues pensaba y aún pienso que esa era la mejor manera de traducir: transcribir obstinadamente numerosas versiones casi idénticas hasta que alguna de ellas se afirme y prevalezca. De las múltiples traducciones de esos poemas solo recuerdo de memoria mi versión del poema «I never hear the word "Escape"», uno de los más conocidos de Emily Dickinson:

Si alguien dice palabras como «fuga»
el ritmo de mi sangre se acelera
y despunta una súbita esperanza
un deseo de vuelo repentino.

Si sé que unos soldados derribaron
los muros de una cárcel imponente
me aferro a los barrotes de mi celda
y vuelvo como siempre a fracasar.

Ahora se me ocurren mil maneras de mejorar la traducción (bueno, diez maneras) y el esfuerzo del endecasílabo de algún modo me alegra pero también me avergüenza. Siento el poema «normalizado», naturalizado, alambrado. Había un penúltimo verso alternativo, «yo fuerzo puerilmente los barrotes», que quizás es mejor –más completo– que «me aferro a los barrotes de mi celda». Quería traducir «a quicker blood» como «una sangre más rápida», pero se me iba el ritmo. Recuerdo también lo mucho que lidié con los primeros versos de cada cuarteto.

La costumbre de leer en inglés se extendió de forma paulatina de la poesía a la prosa. Al principio leía cuentos y novelas, pero hacía trampa, porque eran en realidad relecturas de textos que ya conocía en traducciones españolas y que adoraba, como *The Subterraneans,* una de las novelas menos celebradas de Jack Kerouac, que a mí me parece magnífica, sobre todo por su final demoledor.

Me acuerdo del viaje de Puerto Montt a Parral en el moroso tren económico cuando por primera vez leí una novela en inglés sin diccionario (es como andar en bicicleta sin manos). La satisfacción de *estar leyendo rápido* emergía cada tanto con toda su potencia distractiva. La experiencia desató en mí tal alegría que ni siquiera tuve tiempo de pensar si la novela me gustaba o no. Lo pensé recién un par de días después. Y no, no me había gustado, para nada: confundía comprender con disfrutar. Creo que pasó un tiempo largo antes de que, al leer una novela en inglés, lograra una cierta emoción estética similar o al menos comparable a la que experimentaría en español.

3

Del mismo modo que una película filmada en Santiago conserva siempre, para mí, cierta calidez documental, como si no fuera del todo una película, una película filmada en Nueva York me parece siempre, de entrada, *demasiado* una película. La primera vez que fui a Nueva York me costó, por lo mismo, tomar en serio la ciudad. El propósito de mi viaje era la presentación de unos libros, pero tenía un par de días para aclimatarme, que fueron callejeados, efusivos e irreales: me sentía como un actor o más bien dicho como un extra, específicamente como uno de esos pelusones que en cuanto pueden miran de reojo a la cámara.

La tarde del evento, EJ van Lanen –un tipo entrañable que era entonces mi editor en Open Letter– se acercó a la esquina donde yo, aterrado, fumaba el antepenúltimo cigarro, y me preguntó, por pura cortesía, si estaba nervioso. Debí contestarle con una risita, hasta una tos hubiera bastado, pero como me caía tan bien y quería que fuéramos amigos, intenté responder de forma más elaborada y entonces se me apareció Emily Dickinson y dije: «Well, I feel like a quicker blood.» EJ pensó que iba a desmayarme y me ofreció hacer gestiones para suspender el evento y llevarme a una clínica. Mi intención no era, por supuesto, citar a Emily Dickinson, simplemente usé los recursos que tenía. Era capaz de comunicarme y de hacer amigos (y de hacer el ridículo, que históricamente ha sido, en mi caso, una forma bastante eficaz de hacer amigos), pero a pesar de las horas de –por así decirlo– roce telefónico, mi inglés provenía sobre todo de los poemas y de las novelas que había leído.

El pánico se combate, como se sabe, con destilados, así que al rato ya estaba más tranquilo. Por lo demás, tenía que hablar en inglés muy poco, nada más que un saludo largo, lo principal era la lectura bilingüe, con Megan McDowell a cargo de los fragmentos traducidos. Esa fue la noche en que conocí a Megan, con quien solo había cruzado unos cuantos mensajes y ni siquiera sabía de la existencia de Jessye, su hermana gemela. Aparecieron las dos de repente y me hicieron adivinar cuál era Megan y no acerté. Le pregunté luego a Jessye a qué se dedicaba: ella es artista visual, pero esa noche prefirió decirme que al igual que Megan era traductora, pero del chino. Durante unos veinte segundos le creí; durante unos veinte segundos no solo concebí la existencia de estas dos gemelas traductoras de dos lenguas distintas sino que hasta tuve tiempo de acostumbrarme a la idea. Envalentonado por la presencia de estos nuevos amigos, aquella noche no intenté, en lo absoluto, hablar bien, y seguro que hablé mal y que justo por eso todo más o menos funcionó.

En los años siguientes volví a Nueva York algunas veces, siempre para breves estadías laborales, pero con la impudicia turística tatuada en el ánimo, y creo que no me aburriría escribiendo un mamotreto sobre esos viajes, pero por supuesto que aburriría a los demás. Prefiero avanzar al capítulo que empieza en septiembre de 2015, cuando llegué a Nueva York para quedarme una temporada considerablemente más larga, gracias a una bendita beca para trabajar en la Biblioteca Pública. Por entonces podía ya comunicarme con cualquiera, a condición de aceptar la inquietante ausencia de palabras preferidas y la falta general de consistencia: la imposibilidad de jugar con los tonos, de hacer chistes. El costo de hablar inglés a diario con mis compañeros de la biblioteca era esta degradación. Igual hablaba mejor si no había nadie en el radar que entendiera español: mi inglés funcionaba mejor si activaba, de manera cabal, mi lado histriónico. En esos primeros días recuerdo haber pensado, de forma más bien optimista, que podía aprovechar la oportunidad para ser, en inglés, otra persona. Recuerdo haberlo intentado, incluso: ser alguien que hablara menos, por ejemplo. Porque hablo lento, pero mucho. La sensación de haber hablado demasiado (lo digo literalmente: la molesta certeza de haber pronunciado demasiadas palabras) me acompaña casi desde siempre. Pensé que en inglés podía ser más certero, más sólido, menos tentativo. Muy pronto, al cabo de un par de semanas, sin embargo, era yo el mismo o esa versión precaria de mí mismo (cada vez menos precaria pero cada vez más consciente de la precariedad, lo que de algún modo reforzaba o legitimaba la precariedad). Muy pronto ya no me traducía, quiero decir: operaba simplemente con las palabras que tenía a mano, que no eran pocas pero lo parecían si las comparaba con las que tenía en español. La sensación de estar imitando a alguien era cada vez menos cómica y con frecuencia se volvía alarmante. No la propia imitación sino su condición indeterminada: aspiraba a saber, al menos, a quién estaba imitando.

4

Vivía en Crown Heights, a pasos del Jardín Botánico de Brooklyn, en un viejo y espacioso departamento temporalmente desocupado por Bex Brian y Charles Siebert, una pareja de escritores a quienes conocía poco pero que eran y siguen siendo los más grandes amigos de mi gran amigo

Francisco Goldman, así que tenía la sensación de conocerlos mucho.

Antes de partir, en uno de sus tantos gestos de cortesía, Chuck me dejó encima del escritorio, como regalo, un ejemplar de su libro *Wickerby*, una *memoir* ambientada a fines de los años ochenta en ese mismo departamento. «El libro esencialmente recrea mis pensamientos de una noche de septiembre, mirando el vecindario desde los ventanales del living», me contó Chuck en un mail cuyo tema principal no era *Wickerby* sino el funcionamiento de no sé qué servicio que permitiría –siempre que no cometiera yo el fatal error de desenchufar el módem ubicado en el dormitorio principal– que él y Bex pudieran ver en Abu Dabi los partidos de los Mets y de los Giants.

Por curiosidad y por amor a la simetría, leí *Wickerby* la última noche de septiembre, cuando llevaba ya unas semanas circulando como un intruso por el departamento. Los protagonistas del libro son nada menos que Charles y Bex, pero veinte años atrás, cuando tenían treinta y tantos. La historia es, desde el comienzo, dramática: Bex viaja a una remota región de África y Chuck se queda en ese departamento de Brooklyn con la perrita Lucy, y por un tiempo todo está bien, pero pasan los meses y ella, sin dar razones convincentes, pospone indefinidamente su regreso. Chuck ya no sabe qué hacer ni qué pensar, así que decide emprender un viaje con Lucy pero no a África sino a Wickerby, que es el nombre de una destartalada cabaña en el bosque, al sur de Quebec, a la que Bex solía ir de niña.

El tono de Chuck es coloquial y hospitalario, pero también por momentos extrañamente elíptico, como si no quisiera contar la historia, o como si confiara demasiado en la complicidad del lector. Más bien: como si supiera que la única manera de contar esa historia es fingiendo que habla

99

con un amigo silencioso y comprensivo. Es casi una primera persona que quiere ser percibida como tercera. *Wickerby* es un libro romántico en el sentido más tradicional: el sujeto se proyecta en el paisaje bucólico canadiense o en el paisaje urbano de Crown Heights continuamente, como derivando en ellos el dolor, la inquietud, la perplejidad.

Inmediatamente después de leer *Wickerby* me vino un cierto pesar o un sentimiento cariñoso y confuso relacionado con esos personajes que de pronto conocía demasiado. Sentía que habitar su departamento –su escenografía– era un lujo raro. Ya los quería o más precisamente los extrañaba: me habría encantado que regresaran de repente y conversar con ellos por horas y ofrecerle a Lucy unas cuantas galletas. Fue entonces cuando me vino la idea o el impulso de traducir el libro de Charles. Decidí traducir *Wickerby* más o menos por lo mismo que uno decide escribir un libro: para hacer algo, para dejar de pensar.

«Traducir a alguien es traducir un texto inexistente», dice Adam Phillips en un ensayo hermoso que leí hace poco. La idea es más compleja, porque el propósito de Phillips es comparar la traducción literaria con la terapia: si el terapeuta es un «traductor», el paciente sería una especie de texto, pero una persona no es un solo texto, sino más bien una serie infinita de textos, ninguno de los cuales puede ser considerado el original; un libro es, en el mejor de los casos, el texto que una persona alguna vez fue o quiso ser, pero desde luego es un testimonio múltiple, ambiguo, lleno de sentidos. La idea de que somos intraducibles es, sin embargo, mucho más dañina que la idea de que somos traducibles. Suponer que nadie puede traducirnos es renunciar de plano al contacto, sustraernos orgullosa, cobardemente del mundo. Pero el viaje de Chuck a Wickerby no era una huida; perderse en ese bosque que pertenecía a su esposa, a los recuerdos de su esposa, era su enrevesada, su dolorida forma de traducirla.

5

Todas las mañanas, con el café, antes de salir de casa –porque sentía que la traducción debía perpetrarse ahí mismo: en ese escritorio, en ese departamento, en ese barrio– traducía uno o dos párrafos del libro de Chuck, y luego partía a la biblioteca y leía y tomaba notas. Después del almuerzo reservaba un par de horas para avanzar en una novela que había decidido escribir en inglés, aunque no tenía la menor intención de publicarla ni de mostrársela a nadie; escribir en inglés era más bien, por así decirlo, parte del método de inmersión. Y era también un arduo juego que me servía para realfabetizarme, porque me exponía a problemas o dilemas que creía más o menos resueltos en español.

La novela de verdad me importaba, por lo que todo el tiempo experimentaba la inevitable frustración estilística: la pobreza del ritmo, la escasez de palabras –dos palabras, a lo sumo tres, para lo que en español tenía cinco o seis o diez– me reconciliaban paradójicamente con la literatura. La novela en inglés tomaba rumbos que jamás hubiera tomado en español. Me sentía como un guitarrista obligado a usar solamente tres notas, las primeras que aprendió. Me gusta recordar esas sesiones de escritura, aunque a veces lo pasaba pésimo y estaba todo el tiempo a punto de abandonar la novela. Hacia el final de la tarde, cuando escribía en español, recuperaba la placentera exuberancia sonora, la impagable felicidad de hablar con la boca llena.

Escribía mi novela mala en inglés pensando que más adelante la traduciría yo mismo al español y luego Megan la devolvería a su lugar de origen, la lengua inglesa. Y traducía el libro de Chuck imaginando que a esa misma hora, en Santiago, la propia Megan traducía algo mío. Me daba por pensar, con indulgencia, que protagonizábamos una comedia de países cambiados, con la participación especial de Jessye, la falsa traductora del chino convertida en verdadera traductora del chino, cuya presencia creaba toda clase de malentendidos: una deliciosamente estúpida sitcom sobre dos gemelas traductoras perdidas en Santiago o en Beijing o en Nueva York o quién sabe dónde. Por entonces conocía gente que no hablaba una gota de español pero que había leído mis libros traducidos, lo que era halagador pero a veces me parecía, incluso, intimidante. Me gustaba imaginarme como el testaferro de Megan: yo había firmado esos libros que en verdad ella había escrito, y mi tarea era seguir el juego y hacer lo posible para no despertar sospechas.

6

Una mañana recibí una invitación a leer fragmentos de mis libros en inglés. Conozco gente que huye de las lecturas públicas, me parece la fobia más razonable del mundo, pero a mí me encantan, o al menos no me desagradan, y es la única actividad literaria que –en español, por supuesto– me resulta casi completamente cómoda, porque me crié en recitales de poesía y a fuerza de porrazos creo que terminé aprendiendo a interpretar, en el sentido musical, un texto. No me gusta, en general, cuando encargan las lecturas a actores en vez de a los escritores (en especial, por supuesto, si son malos actores). Pero leer ante una audiencia las traducciones de Megan como si fueran mías era básicamente actuar, imitar. Y tampoco sabía qué textos escoger, porque lo que leería en español no era necesariamente –en abstracto, digo– lo que leería en inglés. Esa mañana, pensando en elegir unos pocos fragmentos, me eché en el sillón a leer mis libros traducidos por Megan, que ya conocía, pero que nunca había releído, como tampoco releo nunca mis libros en español.

En su magnífico ensayo *This Little Art,* Kate Briggs insiste en la naturaleza «novelesca» de la traducción literaria. La famosa suspensión de la incredulidad que opera en la lectura de una novela funciona también al leer una traducción y se vuelve aún más gravitante, porque la pregunta sobre lo que efectivamente fue dicho o escrito queda siempre ligeramente suspendida. El pacto es más sofisticado; es más «ficcional» lo que sucede cuando leemos una novela traducida que cuando leemos una novela en nuestra propia lengua. Cuando se alaba una traducción lo que se quiere decir es que no parece una traducción (salvo en el muy infrecuente caso de que el reseñista conozca y domine la lengua de origen).

Preguntarle a un escritor qué le parece la traducción de su libro a una lengua que conoce solo parcialmente es como preguntarle a un perro qué tal estaba la comida del gato. Yo pensaba que las traducciones de Megan eran excelentes, pero no tenía cómo probarlo, excepto por imágenes más bien subjetivas. Todas las veces que la escuché leer en voz alta un texto mío, desde esa ya lejana noche de la sangre rápida, tuve la vibrante impresión de que ella leía un texto completamente suyo. La mañana que pasé leyendo las traducciones de Megan esa impresión se volvió certidumbre, pues por largos pasajes olvidé que era yo quien había escrito esos libros, o para decirlo de manera más exacta: por largos pasajes olvidé que esas frases replicaban algo que yo había formulado en otra lengua. A veces el nombre de un lugar o de una persona me devolvían a la realidad, pero la ilusión funcionaba y regresaba.

Elegí los fragmentos que leería en público, aunque persistía el problema principal: había algo esencialmente ilegítimo en esa presentación cuya única gracia era el vínculo entre la palabra escrita y la voz del escritor. Para que el texto funcionara tenía que pronunciarlo o proferirlo creando la sensación de que era mío. Y tampoco estaba seguro de la pronunciación más comprensible de ciertas palabras, en especial de ciertas vocales; esos detalles que en una conversación dan lo mismo pero que en una lectura marcan irremontables diferencias de sentido. Le pedí a mi amigo John Wray que leyera esos fragmentos y traté de sonar como él, pero John es buenmozo y más alto y muchísimo más rubio que yo, así que me sentía como a los quince, imitando a esos chicos del colegio inglés. Le pedí a Megan, entonces, por teléfono, su interpretación, y escuché cien veces esos archivos de audio, y luego, en la lectura, ante un público yo creo que piadoso, traté de pronunciar como Megan pronunciaría y por supuesto debo haber sonado, en el mejor de los casos, como un actor que por primera vez audiciona para un papel que le queda grande.

A estas alturas hay mucha gente con la que me he relacionado únicamente en inglés y me gusta pensar que conformé un lenguaje a partir de las frases que me prestaron o que les robé; que ahora, al hablar inglés, imito sus voces, y que, como en un poema de Fernando Pessoa, de tanto imitarlos por momentos siento que mi lenguaje fingido es un lenguaje propio, una forma mía de hablar. Y supongo que en ese engendro que con orgullo podría llamar *mi inglés* también late la vocinglería de los amigos emborrachándose y las conversaciones erráticas con el imbécil de Chad y las cartas al mundo de Emily Dickinson y los poemas de Donne y de Auden y los hits del verano y los capítulos de *Seinfeld* que me sé de memoria. Y la novela que escribí en inglés pensando en no mostrarla nunca a nadie y que por estos días traduzco, alucinado de que cada frase en inglés se multiplique por dos o por cuatro en español. Y el libro de Chuck, por supuesto: supongo que en mi inglés hay varias frases de ese libro que nunca terminé de traducir: lo abandoné cuando me faltaba el último capítulo, las últimas once páginas, no sé muy bien por qué; seguramente para tener una excusa para volver a ese departamento e instalarme unas cuantas horas hasta terminar de traducir el libro del dueño de casa.

7

Mi esposa aprendió inglés leyendo *Harry Potter*. A los doce años, cansada de esperar que tradujeran al español la cuarta novela de la serie, decidió leerla en inglés y consiguió un ejemplar que leyó de inmediato, aunque es más realista decir que sus ojos pasaron por todas las palabras y por todas las frases de todas las páginas del libro, porque entendió muy poco. Lo empezó de nuevo enseguida, esta vez ayudada por un diccionario. No le interesaba la lengua inglesa, le interesaba *Harry Potter*.

Encuentro en las repisas, camuflado entre manuales y enciclopedias, el ejemplar que ella leyó. Es un imponente hardcover, en buen estado, con un mínimo de diez y un máximo de treinta palabras subrayadas en cada una de sus 752 páginas. «No leía, no comía, no hacía nada más que tratar de leer la novela», me dice. En un mes la había terminado o vuelto a terminar y había aprendido de paso suficiente inglés como para improvisar algunos hechizos o narrar un partido de quidditch. Entretanto, la edición española de *Harry Potter y el cáliz de fuego* seguía sin aparecer. Recuerda haber dicho, en tono de adolescente desesperada: «Cómo pueden demorarse tanto en traducir un libro».

Jazmina siguió leyendo en inglés y entró a letras inglesas a la UNAM y luego se fue a estudiar a Nueva York, donde una tarde, por pura curiosidad, fue a una presentación en la Biblioteca Pública donde figuraba yo conferenciando imperfecta pero locuazmente, y en la ronda de preguntas y respuestas alzó la mano y me preguntó algo que ninguno de los dos recuerda, pero yo sí me acuerdo de que su inglés sonaba precioso, por supuesto mucho mejor que el mío; recuerdo haber presentido que el inglés era su segunda lengua, pero igual podía equivocarme, y en algún momento, mientras hablaba, también pensé que su lengua nativa era el español y que por lo tanto era absurdo responderle en inglés, pero el evento era en inglés, así que había que hablar en inglés.

No sé si vamos lento o rápido mientras traducimos, ahora, *Little Labors,* el divertido y brillante ensayo de Rivka Galchen. Es el segundo libro que traducimos juntos. El primero fue una selección de crónicas de Daniel Alarcón, un caso raro, porque el español de Daniel es muy bueno pero ha escrito en inglés casi toda su obra literaria, que está ambientada mayoritariamente en Latinoamérica, en un país muy parecido a Perú. Al escribir, Daniel traducía al inglés ese peruano que nosotros tratábamos de recuperar en la traducción, como si redactáramos una especie de original.

Cuando tradujimos las crónicas de Daniel, Jazmina tenía tres meses de embarazo y acabábamos de mudarnos a la Ciudad de México y todo parecía grandioso e intenso y rotundo, y quizás no era el mejor momento para emprender una aventura incierta como es trabajar juntos por primera vez. Pero funcionó. El libro de Rivka Galchen apareció en nuestras vidas luego, por azar, aunque fue un azar guiado: casi todos los libros sobre embarazo y crianza que leíamos nos parecían insufribles, moralizantes, toscamente pedagógicos, pero dimos con este ensayo y nos encantó y decidimos traducirlo.

La soledad del traductor es minuciosa, por eso traducir de a dos, codo a codo, es tan sensato. Y cuando digo que es sensato quiero decir que es hermoso. Traduzco mientras Jazmina amamanta y ella traduce mientras el niño juega con su jirafa ciega y conmigo. Y cuando se queda dormido traducimos juntos, comparamos versiones, leemos en voz alta, corregimos, tallereamos. Rivka escribe con sabiduría y gracia sobre experiencias que nosotros acabamos de vivir o que estamos viviendo o que viviremos muy pronto, por lo que la sensación de que el libro nos traduce a nosotros es poderosa y frecuente.

«A veces pienso que no hay criatura a la que entienda mejor que a ella», dice Rivka sobre su hija, y enseguida piensa en esas comedias románticas en que los protagonistas no hablan el mismo idioma pero igual se enamoran. Pero también consigna el temor a que pronto, cuando su hija aprenda a hablar, comiencen los malentendidos, o que el verdadero malentendido sea la sensación actual de entenderse plenamente.

Por lo pronto, a sus ochos meses, mi hijo me parece la persona más interesante del planeta. Cada madrugada despierto como a las cinco y media, cuando él lleva ya un rato murmurando, para sí mismo, una especie de letanía. Luego viene un contacto más definido: me enfoca, me mira, rasguña mi mejilla izquierda. Es su forma de pedirme que empecemos el día de una vez. Parece saber que esas primeras dos horas —las únicas enteramente despejadas para el descanso de su madre— las pasaremos los dos solos, mirando por la ventana las calles semioscuras y vacías y jugando con sus libros en la alfombra de colores.

Hace un par de semanas empezó a agitar la mano izquierda a manera de saludo, aunque no saluda solo a las personas o a su propio reflejo en el espejo o en el televisor apagado: a veces me parece que saluda también al día o al sillón o a cierta mancha en la pared o al sistema solar. A veces tengo la impresión de que habla plenamente, articuladamente, una cierta lengua que yo desconozco; una lengua que para seguir existiendo debe cambiar todos los días. Pero no suelo tener la sensación de traducirlo, de tener que traducirlo. Más que favorecer su imitación o asimilación de las palabras, soy yo quien imita sus ruidos o más bien trato de imitarlos, porque son difíciles y ya casi innumerables: suspiros largos y breves, tímidas variaciones del resuello, bufidos alegres, balbuceos tradicionales y otros casi solfeados, una risa tipo estornudo y otra más parecida a una carcajada, y una larga trompetilla entusiasta. El pensamiento de que pronto abandonará el dichoso vanguardismo de los ruidos para adoptar las convenciones del lenguaje humano me provoca una nostalgia anticipada. Pero igual me complace anunciar aquí que la primera palabra pronunciada por mi hijo, hace ya varias semanas, fue la palabra *papá*. La dice todo el tiempo, es la única palabra que dice. Todavía le cuesta, eso sí, articular la bilabial oclusiva sorda *p*, por lo que momentáneamente la reemplaza por la bilabial nasal sonora *m*.

TRADUCIR A ALGUIEN (II)

En los años setenta el chileno Alberto Noya, más conocido por su nombre artístico de Pernito, y sus hijos Tuerquita y Bebé, se convirtieron en los payasos más famosos de la televisión colombiana. Por eso los colombianos piensan que los chilenos hablamos como payasos. Pero yo hablo más lento. Yo soy un payaso lento.

•

¡Habla rápido, Zambra, no tenemos toda la mañana para escucharte!, me decían en la básica. Yo hacía mi mejor esfuerzo, pero igual tardaba unos cuantos milisegundos en ir de una palabra a otra. Creo que ese sigue siendo mi tono: como pensando en voz alta, como decidiendo sobre la marcha lo que quiero decir. O como un actor siempre a punto de olvidar sus líneas. Lo digo, por supuesto, sin orgullo, porque hablar lento suscita la sospecha de estupidez.

•

En su ensayo «Elogio del acento», Alan Pauls recuerda el tiempo en que los cantantes brasileños, italianos o franceses solían grabar versiones en macarrónico español de sus grandes éxitos. «Cantando en castellano, esos cantantes pretendían acercarse a mí, cuando lo que hacían era distanciarme de mi propia lengua», dice Pauls, a propósito de canciones como «Te regalo yo mis ojos», de Gabriela Ferri, o los numerosos hits de Roberto Carlos o Franco Simone. Mi sensación es semejante, pero también distinta, porque de niño no tenía una idea muy elaborada de la lengua o del acento chilenos, más allá de los estribillos dieciocheros. O quizás esa idea incluía, de antemano, el lenguaje de las caricaturas y el roce con esa música que llamamos AM pero que a mí me gusta escuchar en equipos de alta fidelidad.

Mi recuerdo de un extranjero hablando español se remonta más bien al fútbol, en especial a las entrevistas radiales pospartido a Severino Vasconcelos, ese volante ofensivo de Colo-Colo que, pese a haber vivido en Chile un montón de años, nunca aprendió a hablar español, aunque los entrevistadores fingían entenderlo quizás para no decepcionarlo, porque hablaba con suma propiedad, acaso convencido de que se le entendía todo.

Defendería, en cualquier caso, como placeres a secas en lugar de placeres culpables, canciones como «Amada amante» o «No te apartes de mí», de Roberto Carlos, o «La noche» o «Porque yo quiero», de Salvatore Adamo, o la genial «Paisaje», de Franco Simone, entre otros temazos y rolones de una larga playlist que escucho ahora mismo.

•

Me devoré, como si fuera una novela de aventuras, el estudio de Juana Puga sobre la atenuación en el español de

Chile. La atenuación se encuentra presente, por supuesto, en todas las culturas, pero quizás especialmente en Latinoamérica, con la evidente diferencia argentina. Pienso en la casi desesperada atenuación del imperativo, por ejemplo, en Ecuador, donde dicen *dame pasando la ensalada* o *pásame viendo como a las ocho*. Pero lo que más me gusta es esta rara y bella forma de recomendar por ejemplo un libro: «Leeraslo.»

•

Acá en México llaman *calentador* al artefacto que los chilenos mayoritariamente llamamos *estufa*, y *estufa* a lo que nosotros, acaso inexplicablemente, llamamos *cocina* (salvo en el razonable extremo sur, donde también dicen *estufa)*. En Chile la cocina está dentro de la cocina. En Chile cocinamos en la cocina de la cocina.

En las casas de la Ciudad de México no es habitual que haya estufas/calentadores, porque no hace frío. Acá llaman *invierno* a una cierta estación del año donde no llueve y hace muy poco frío. Y no hace frío, en realidad, aunque los mexicanos digan que sí.

«Abre la ventana para que salga el frío», dice mi esposa. Estoy de acuerdo, porque sí me parece que en la Ciudad de México hace más frío dentro que fuera de las casas, pero también discrepo porque –insisto– yo no llamaría frío a lo que los chilangos llaman frío.

•

La forma boliviana de referirse al despunte de la borrachera: «Él ya estaba en los *yo te estimo.*»

•

111

En «Vivir así es morir de amor», la canción de Camilo Sesto, figura la palabra *melancolía*, pronunciada –cantada– de forma muy poco melancólica, más bien desesperada. La melancolía es de por sí difícil de definir, pero lo es aún más si la primera vez que la escuchamos fue en una canción donde suena como un grito desgarrador y fervoroso. No entiendo por qué a ninguna banda metalera se le ha ocurrido hacer el cover.

•

Lo siento: acabo de comprobar que sí hay covers metaleros de «Vivir así es morir de amor», al parecer muchos. Solo en territorio español cuento, en principio, versiones de la banda barcelonesa Los Monos Voladores del Sr. Burns (un punky medio dulzón, para mi gusto), de la madrileña Stravaganzza (¿metal gótico?) y de la toledana Vanrose (la versión más energética, la menos pretenciosa y la mejor de las tres, en mi opinión no especializada).

•

«El gato que está triste y azul» no es la mejor canción de Roberto Carlos, pero para mí es importante. Me entero de que no hay una versión en portugués, solo la original, en italiano, escrita por Gaetano Savio y Giancarlo Bigazzi. Seguramente la necesidad de rima llevó a Buddy y Mary McCluksey, los traductores al español, a ponerle de su cosecha, de manera que los versos «Un gatto nel blu, ecco che tu / spunti dal cuore, mio caro amore» se transformaron en «El gato que está triste y azul / nunca se olvida que fuiste mía». Aunque el asunto igual tiene sentido en español, al

112

fin y al cabo la lengua de Rubén Darío. Sí, la idea de un gato triste y azul funciona particularmente bien en español. La clave de la canción, en todo caso, es la parte que dice:

> Desde que me dejaste
> yo no sé por qué
> la ventana
> es más grande
> sin tu amor.

La tarde en que, de niño, reparé en esa imagen, la pasé frente a la ventana pensando con total seriedad, incluso diría que con severidad, no sé si conmovido o sorprendido o aturdido o abrumado, en ese hecho nuevo: que la ventana pudiera, para alguien, parecer más grande debido a la ausencia de la persona amada. Queda mejor decir que uno empezó a escribir después de leer a Huidobro o a Rimbaud, pero creo que en mi caso todo empezó con esa canción de Roberto Carlos.

•

«Tú eres el grave problema / que yo no sé resolver», dice otra canción de Roberto Carlos.

•

«Yo no escribo en portugués, escribo en mí mismo», dice Fernando Pessoa en el *Libro del desasosiego*.
«Ya no sé qué idioma me habita», dice Raúl Ruiz en su *Diario*.

•

113

Todos los libros son libros del desasosiego.

·

Alguna tarde de 1983 o de 1984 discutimos, con mi primo Ricardo, sobre la canción «La chula», de Miguel Bosé. Según él, había una parte que decía «y su piel y su *pichula*». La escuchamos atentamente y me pareció que la palabra no era *pichula* sino alguna otra que no lograba reconocer. Igual, como mi primo parecía obsesionado con este asunto, fingí que estaba de acuerdo.

Hace un rato volví a escuchar «La chula» y pensé que decía «y su piel y su *figura*», pero busqué la letra en internet y dice «y su piel y su *cintura*». Acabo de confirmar el dato en tres karaokes de YouTube.

·

Alguna tarde de 1985, mi primo Ricardo me habló de un grupo llamado Los Prisioneros, en una de cuyas canciones se decía la palabra *mierda*. Estuvimos toda la tarde escuchando la radio Galaxia a la espera de la canción. Primero pusieron «La voz de los ochenta», y luego de varias horas, cuando ya estábamos muertos de sueño, por fin tocaron «Nunca quedas mal con nadie». Pegamos las orejas a los parlantes: el glorioso momento en que escuchamos a Jorge González pronunciar la palabra *mierda* figura entre mis mejores recuerdos de infancia.

·

La primera vez que oí a alguien nombrar a Fernando Pessoa pensé que se refería a Carlos Pezoa Véliz. Y una vez

114

participé en un concurso literario con el seudónimo «Fernando Pezoa Véliz». Pensaba que era un guiño sutil y sofisticado. No gané.

•

En 1988 o 1989 hubo una tímida campaña para promover la poesía en el metro de Santiago, que consistía en unos pocos poemas publicados en carteles pequeños en el interior de los vagones. La recuerdo porque fue así como leí «Tarde en el hospital», el primer poema que de verdad me fascinó. No sabía nada de la vida de Pezoa Véliz, de manera que durante un tiempo su nombre estuvo ligado nada más que a estos versos, memorizados casi sin darme cuenta en los periódicos viajes entre las estaciones Universidad de Chile y Las Rejas:

Sobre el campo el agua mustia
cae fina, grácil, leve;
con el agua cae angustia:
llueve...

Y pues solo en amplia pieza
yazgo en cama, yazgo enfermo
para espantar la tristeza,
duermo.

Pero el agua ha lloriqueado
junto a mí, cansada, leve;
despierto sobresaltado:
llueve...

Entonces, muerto de angustia
ante el panorama inmenso,

mientras cae el agua mustia,
pienso.

Años más tarde conocí la leyenda habitualmente asociada a este poema: Pezoa Véliz escribiéndolo en su cama del Hospital de San Vicente de Paúl, su inminente lecho de muerte. Realzado por su condición de testamento, el poema me parecía aún más preciso y precioso. Recuerdo haber pensado que esos dos verbos en presente –*pienso, duermo*– estaban casi en pasado: que estaban todo lo presente que puede llegar a estar una acción antes de convertirse en pasado.

Por boca de algún aguafiestas supe después que el poema era un plagio de «Nevicata», de la italiana Ada Negri. Era una noticia tardía, pero igual estuve en negación durante una larga temporada. Y sin embargo luego, al comparar los textos, me fue difícil negar el parecido.

El hecho de que el primer gran poema de la poesía chilena haya sido un plagio no deja de tener cierta gracia. Pero no está claro que sea un plagio. La verdad, como explicó convincentemente Raúl Silva Castro, parece estar entremedio. «Nevicata» es en efecto el poema de referencia, conocido a escala mundial: fue algo así como un clásico instantáneo de la poesía universal, acaso por la originalidad de su estructura, lo que cristalizó en una serie inmediata de imitaciones y versiones. El poema se difundió con la rapidez de un chiste muy bueno o como una pegajosa canción de moda. Y como pasa con los chistes, se fue disolviendo su autoría. Y como pasa con las canciones de moda, aparecieron al tiro los covers, como prueba el propio Silva Castro al citar unos poemas muy similares, pero harto horribles, de Amado Nervo (solo un ejemplo: «Cuando estoy febricitante / en los brazos del Ensueño / que me lleva muy distante; / cuando estoy febricitante, / ¡sueño!»).

116

El dato más relevante, en todo caso, es la publicación del poema con el título «Tarde en el Hospital Alemán» por primera vez en 1907, es decir un año antes de la muerte de Pezoa Véliz, lo que resitúa el poema en otro hospital, en el que efectivamente el poeta sí estuvo, aunque no consta que haya escrito el poema ahí.

Por supuesto me gusta más la imagen del poeta de veintiocho años escribiendo en su temprano lecho de muerte o, mejor aún, traduciendo de memoria este poema famoso, adaptándolo a sus circunstancias; convirtiendo, para empezar, la nieve italiana en lluvia chilena. Y traduciendo mal, porque no sabía (¿o sabía?) italiano, o lo sabía mal, o recordaba mal el poema. Traducir de memoria, qué cosa más hermosa.

•

A fines de los noventa, España no era precisamente el objeto de deseo de los futuros estudiantes de posgrado, más bien al contrario: con o sin justicia, irse a estudiar a España era visto como una penúltima opción, no demasiado prestigiosa o interesante. En mi caso, pensaba en Francia o en Inglaterra o en Estados Unidos, aunque cualquier lugar donde se hablara otra lengua me parecía bien, porque mi fantasía de estudiar afuera incluía la fantasía complementaria del bilingüismo. Pero una tarde lluviosa del año 2001 supe de unas becas a las que era muy fácil postular (el proceso era íntegramente online, lo que en esa época sonaba hasta medio inverosímil), y casi sin darme cuenta fui llenando las pantallas y tres meses más tarde ya estaba instalado en una pieza de Vallecas.

«Los españoles y yo decíamos cosas muy diferentes con casi las mismas palabras», apunta Marcelo Cohen a propó-

117

sito de sus años de exilio, obligado a traducir para editoriales españolas («yo quería desintegrarme, sí, pero conservando la voz», dice luego bellamente). Algo parecido sentía yo, que no traducía a nadie, ni siquiera a mí mismo. Lo pasaba bien con mis compañeros, la mayoría latinoamericanos pero también algunos de Polonia, de Bulgaria, de Estonia (mi gran amiga Kadri Mets, que dominaba ocho idiomas y ahora creo que doce).

Hablábamos todo el día sobre palabras, modismos y acentos, pero la comunicación con los madrileños era ardua o inexistente. Entonces mi idea del habla chilena seguía siendo imprecisa. Por supuesto que era capaz de chamullar teorías sobre el ritmo, la respiración o el tono chilenos, pero me venía desayunando con las diferencias cruciales, que suelen ser menos evidentes y desde luego no figuran en el habitual inventario de modismos. Para descubrir o aquilatar las palabras propias era necesario experimentar esa incomunicación feroz que sobrevenía de pronto. Más o menos obligado a traducirme, en Madrid me volví consciente de las palabras mapuches y quechuas que había en mi habla, o del inusitado brillo de algunas frases perdidas que de pronto, en un encuentro inesperado con chilenos por ejemplo, recuperaba súbita y venturosamente.

•

Además de cierta tendencia a la perorata, nuestros profesores españoles tenían en común una sonrisa demoníaca. Pero había luminosas excepciones, como Paloma Díaz-Mas, Ángel Luján y algunos otros.

Mi profesor favorito era Antonio Quilis. Una tarde me invitó al laboratorio de fonética, un sitio repleto de atractivas máquinas (seguro que ahora en desuso, sepultadas por algún software), para que lo ayudara en sus investigaciones sobre la *e* y la *j* chilenas. Mi colaboración era inesperadamente sencilla, pues solo debía decir mi nombre decenas de veces frente a un micrófono enorme. Igual me ponía nervioso, pero él me tranquilizaba, como en la antesala de una riesgosa cirugía.

No quiero acordarme, en cambio, del profesor que nos enseñaba teoría de la traducción. Una vez le preguntamos qué le parecía la absurda reticencia de sus compatriotas a subtitular las películas y él simplemente nos respondió: «Hombre, que es más cómodo.»

•

Resistirse totalmente a adoptar el léxico del lugar donde uno vive es una decisión altiva y estéril. No tiene sentido moverse por México diciendo *auto* en lugar de *coche* o *coche* en vez de *carriola*. Pero aceptarlo todo y cambiar hasta las interjecciones y los suspiros, como hacen tantos compatriotas desparramados por el mundo, es signo de torpe docilidad, de servilismo, de falta de carácter.

Hablo chileno aquí. En el departamento, digo. Pienso nuestro departamento como territorio chileno, y mi esposa, solidariamente, habla un poco de chileno también. Y mi guagua guatona usa *piluchos* en lugar de *mamelucos*. Fuera de casa cambio, de forma semiautomática, algunas palabras, pero aquí hablo plena y exclusivamente chileno. Quizás por eso no salgo casi nunca.

•

Decir *gentes* en lugar de *gente* me provoca un gozo inexplicable.

119

•

La leyenda cuenta que algún chistoso escribió, en una pared de la casa de Bartolomé Mitre, la siguiente copla:

En esta casa pardusca
vive el traductor de Dante.
Apúrate, caminante,
no sea que te traduzca.

Hay quien la atribuye a Borges y cuenta que la recitaba a sus acompañantes cuando pasaba frente a la casa de Mitre. A Nicanor Parra le encantaba recitar estos versos y hacernos creer que eran suyos.

•

Hace tiempo que quería escribir un ensayo como este, virtualmente infinito, exclusivamente integrado por hilachas de pensamiento sobre palabras, acentos y traducciones. Puras historietas de sobremesa, montadas a pulso incierto de acuerdo con un criterio discutible; más o menos algo que quisiera leer a lo largo de una tarde de ocio puro, hasta con algunas pausas para dormitar entre uno y otro fragmento. ¿Por qué no lo escribí antes? ¿Por qué intento convencerme de que el impulso de escribirlo, aquí y ahora, es natural? ¿Por qué quiero terminar cuanto antes estas notas de por sí interminables, como si tuviera que leerlas mañana mismo ante no sé qué clase de audiencia?

La gracia de este texto era, en abstracto, su condición innecesaria, su gratuidad, su imposible –en ambos sentidos– conclusión. Podía escribirlo en cualquier momento y por lo tanto no tenía verdaderamente que escribirlo. ¿Y por qué siento, entonces, doctor, que tengo que escribirlo ahora?

La respuesta es bochornosamente sencilla: porque tengo miedo. Tengo miedo de perder mi acento. Mi chileno lento. Mi *e* y mi *j* chilenas, que son tan suaves.

Mi hijo es, por el momento, completamente mexicano. Pronto deberé convencerlo de que la palabra *chile* designa también un país. Y que ese país no pica. Y que es su país, también. Y que hablo raro porque soy chileno. Si es que sigo hablando raro. ¿Imitaré, por ejemplo dentro de diez años, mi acento chileno de ahora? ¿Tendré que limitarme, en adelante, a narrar las aventuras de un chileno que pasa horas contemplando los ahuehuetes de Chapultepec? ¿Me veré tentado a reprimir, por escrito, todo lo que no sea chileno, o bien le pediré penosa, rastrera y confidencialmente a algún amigo (a algún amigo chileno) que me traduzca?

•

Decía que siempre hablé un poquito lento, por eso en la adolescencia, muchos años antes de subir a un avión por primera vez, no era raro que me preguntaran si era extranjero. Me desagradaba, tal como ahora me decepciono cuando, después de un rato conversando, me toman por mexicano. Deben tener muy mal oído, pienso. Soy más o menos bueno imitando voces o acentos, pero no puedo imitar en serio, con intención de camuflaje, el acento mexicano, tal vez porque la distancia que hay entre los modelos que manejo –Cantinflas, Yuri, Octavio Paz– y los hablantes reales –la gente que veo a diario, incluidos algunos chilenos residentes, a quienes llamo *chilengos*– es sideral. Parece que el norteño, el yucateco y el fresa me salen mejor, pero en esos casos probablemente lo que imito son las desopilantes imi-

121

taciones de mi esposa. También puedo imitar el pregón de los compradores de fierro viejo, pero eso no tiene gracia, porque todos los chilangos, en especial los niños, lo imitan bastante bien.

•

Desde cierto punto de vista, lo que escribo siempre busca la naturalidad de una conversación en que digo lo que diría si alguien me editara los balbuceos.

•

«Traductor osado del lenguaje de los sueños», llama Andrés Claro a Freud.

•

Encuentro, en un diccionario inglés-español, en la sección de frases útiles para viajar por España, la siguiente: «¿Hay alguna persona en este lugar que hable inglés?»

•

Leyendo *Vivir entre lenguas* me entero de que Sylvia Molloy les habla a las gallinas en español y a los perros a veces en español y otras veces en inglés pero nunca –ni a los perros ni a ningún animal– en francés.

Me acordé de una francesa, en San Pedro de Atacama, en la entrada de un hostal, que le hablaba, en su completamente lisérgico español, a un minúsculo pero insistente quiltro. De pronto le dijo, asombrada: «Oooh, vegdad que a ti puedo hablagte en fgancés.» Pero siguió hablándole en español.

También escribe Sylvia Molloy sobre ese lapsus hermoso cuando uno de los enamorados olvida que el otro no habla su misma lengua. Es una muestra de confianza absoluta, de entrega total: es tanta la proximidad que parece inverosímil que el otro sea incapaz de entendernos –pero sostiene la mirada y sonríe, como si entendiera.

•

Mi parte favorita de *Me Talk Pretty One Day,* de David Sedaris, es el ensayo donde relata su experiencia en clases de francés, en particular los esfuerzos para comprender el género de las palabras. «¿Cuál es el truco para recordar que un sándwich es masculino?», se pregunta. «¿Qué cualidades comparte con cualquiera que esté en posesión de un pene?»

•

Miguel Castillo Didier ha consagrado su vida a la traducción y difusión de los poetas neohelénicos, con una discreción y una generosidad a toda prueba. En 1995, para una antología sobre la influencia de Kavafis en la poesía actual, le pidieron que buscara poetas chilenos. Yo había escrito un poema titulado «Que el dios abandonaba a Antonio», en referencia al texto homónimo de Kavafis. Se lo di y lo tradujo. Fue la primera vez que alguien tradujo algo escrito por mí. No me acuerdo de un solo verso de ese poema, del que no conservo ninguna copia. Guardo, en cambio, como hueso santo, la para mí incomprensible traducción de don Miguel, que me regaló tipeada por él mismo en su bella máquina de escribir con caracteres griegos.

•

123

A fines de los años noventa, el poeta Gonzalo Millán impartía, en La Chascona, un taller de autobiografía. Eran diez participantes, casi todos cincuentones, pero había también algún poeta joven y un par de –como empezaba a decirse por entonces– adultos mayores. Con el paso de las semanas y de los ejercicios (listas de primeros recuerdos, descripciones de fotos y dibujos, evocaciones, confesiones, recados), la creciente intimidad se mezclaba con la curiosa «objetividad» de los procedimientos. Surgían, también, los personajes. Uno se perfilaba como el hombre culpable, otro como el viudo, y así: el frustrado, el gozador, la irresponsable, etcétera.

Todo esto me lo contó Millán para llegar a la historia de una de las participantes del taller, cuya escritura tenía, como tema exclusivo, la ingratitud de la hija. La mujer andaba por los setenta años y el mayor drama de su vida era esta hija que le negaba a las nietas y que la humillaba de todas las formas imaginables, sin ningún motivo. Los textos de la señora no eran, en todo caso, puras quejas. Había talento en su escritura, había un deseo de estilo o al menos de ir más allá de la mera expresión del dolor.

Una noche, hacia el final de una sesión, cayó al suelo, desmayada. Partieron todos a la Clínica Santa María. El propio Millán encontró, en la cartera de la mujer, el número de teléfono de la hija. Le habló enfáticamente, fue casi maleducado. De acuerdo con sus escritos, la mujer había enviudado recientemente y toda su familia era esta hija ingrata, madre de dos niñas. Quince minutos después de la llamada, aparecieron, en la clínica, no solo la hija ingrata sino también otra hija y dos hijos varones y un hombre viejo, el marido de la mujer, que no estaba muerto ni andaba de parranda.

124

Mientras esperaban la recuperación de la paciente, Millán hablaba con estos familiares y comprendía hasta qué punto los relatos diferían de la realidad. La señora se recuperó esa misma noche, pero nunca quiso volver al taller. «Creía que estaba en un taller de novela», le dije a Millán la noche que me contó esta historia. «No», me respondió, en el tono de quien ha pensado mucho en el asunto: «Creyó que estaba en un taller de traducción.»

•

Quería, quiero citar aquí el poema «Hockey», que fue el primero de Gonzalo Millán que leí, o que más bien escuché, en una grabación de poesía chilena en el exilio que también incluía, entre otras, lecturas de Omar Lara y de Gustavo Mujica, «el Grillo». Solo tengo aquí la versión en inglés del poema, que figura en la antología *Strange Houses,* publicada en Canadá. Es un poema breve, que recuerdo casi de memoria, así que lo transcribo pero mirando el texto en inglés, lo que de algún modo es como traducirlo; si alguien me viera frente al computador, pensaría que estoy traduciéndolo.

Luego busco el poema en internet y comparo el resultado. Me equivoqué en un verbo, digo, con la decepción de un estudiante ansioso. El poema de Millán:

> La muerte canadiense
> se desliza hacia mí
> rauda sobre el hielo
> como un jugador de hockey
> esgrimiendo
> su guadaña de palo.
> Yo no sé ni patinar,
> yo juego fútbol, le digo.

No estoy seguro de recordar bien la voz de Millán en esa grabación. Inevitablemente la mezclo con su voz final, carraspeada por el cáncer, su afonía.

.

Dice Sylvia Molloy: «Para sentirse cómodo, incluso locuaz, en otro idioma, se necesita la inmersión total en lo extranjero y el olvido: que no queden rastros del *home* que se ha dejado atrás. ¿Pero cuando ese *home* se lleva consigo? ¿O cuando esa extranjería es parte de uno mismo?»

.

Hasta quizás los treinta años tenía la costumbre de transcribir fragmentos de mis libros favoritos y pegarlos en la pared, sin mayor despliegue que una hoja tamaño carta y una barra de Stic-fix. A veces los transcribía a mano, otras veces los tipeaba e imprimía. Un largo párrafo del capítulo «Nieve», de *La montaña mágica,* por ejemplo.

Acababa casi siempre memorizando esos fragmentos, pero el objetivo era más difuso: ornamental, sentimental, epigonal. Recuerdo un verano en que todas las moscas de la calle Humberto Trucco descubrieron que si se posaban en alguna letra de alguna de esas palabras yo no las mataría.

No sé por qué abandoné esa costumbre tan alegre. Por pudor, quizás. Supongo que era una variante exhibicionista del subrayado. Ligeramente exhibicionista, porque nunca pegaba esos fragmentos en las paredes del living ni en la puerta de la casa ni en el espejo del ascensor, sino más bien en rincones semisecretos o semiprivados.

Mientras leía *El idioma materno,* de Fabio Morábito, subrayé muchos pasajes, incluso un par de frases del fragmento titulado «El subrayador». Hay un párrafo en particular de ese libro que debería transcribir y colgar por ahí, para completa tranquilidad de las moscas chilangas. No quiero citarlo porque es un párrafo de dos páginas, que son las últimas del libro. Y tampoco puedo citar aquí la frase de ese párrafo que elegiría citar, porque es la última de *El idioma materno,* que no es una novela policial pero de cierta callada manera funciona como un libro de misterios.

Y como no puedo citar la última frase, cito la penúltima: «Todo escritor se aparta de la lengua madre para adoptar una lengua que no es la propia, una lengua extranjera, una lengua sin lágrimas», dice o creo que dice Morábito, porque cito de memoria.

•

Dice Artemidoro: «Soñar con leer de una forma correcta y habitual palabras extranjeras indica que se adoptarán tierras y costumbres extranjeras, y que allí se obtendrá gran éxito. Mientras que leer mal una lengua ajena significa que uno será desgraciado en tierra extranjera, o que, cuando esté enfermo, se trastornará, a causa de que su voz es extraña.»

•

Un origen alternativo de estas notas está en el episodio 4 de la tercera temporada de *Game of Thrones.*

•

Para descansar de la escritura de este ensayo me puse a leer la prensa deportiva, pero justo encontré estas declaraciones de Manuel Pellegrini, a propósito de su experiencia entrenando al Hebei China Fortune, de la Superliga China: «Era muy complejo trabajar con traductor. No podía dirigirme directo a los jugadores, saber sus sensaciones y que ellos entendieran mi mensaje como era. Con un tercero en medio era todo muy difícil.»

Pellegrini no es ajeno a la indigna costumbre de culpar al traductor. «La temporada pasada nos fue muy bien, eso quiso decir que le entendieron todo, pero ahora no íbamos muy bien, entonces parece que no le entendían nada», dice, supongo que en broma.

·

Hace un par de semanas Jazmina me hizo notar que solo los chilenos decimos *de todas maneras* queriendo decir *por supuesto* o *definitivamente*. Me impresionó el descubrimiento.

Encuentro en Wordreference un extenso foro al respecto. Una mexicana de Ciudad Juárez identificada como Janis Joplin dice que la expresión *de todas maneras* debe ser acompañada de más palabras para poder entenderla como *definitivamente*. El argentino Gabriel se lanza entonces a una relativamente pertinente disquisición, seguro que escrita a las cuatro y media de la mañana, y el chileno Rodal, desde Seattle, de puro mala leche, lo interpela: «La próxima vez no te alargues tanto para explicar algo tan sencillo.» Gabriel le responde: «La próxima vez voy a hacer lo que me parezca oportuno, igual que la vez pasada y todas las veces.» Por fortuna, desde Chicago la usuaria Dujiva zanja la discusión con sensatez, apuntando que *de todas maneras* es «un clásico chilenismo, perfecto allá, ininteligible en otros lados». La explicación no me deja tan tranquilo. *De todas maneras* se usa al menos de dos formas: como simple refuerzo enfático (es decir en el sentido de *definitivamente)*, pero también para, sin perder el efecto enfático, agregar un matiz de adversidad o de impropiedad o de ilegitimidad. Si alguien me preguntara, por ejemplo, si pienso terminar pronto este ensayo, yo respondería que sí, que de todas maneras, queriendo decir que 1) soy perfectamente consciente de que debería terminar otras cosas primero; 2) ando corto de tiempo, y 3) este ensayo, por su naturaleza, es más bien interminable. Mejor lo termino abruptamente, ahora mismo –solo agrego «La balada del pulpo trilingüe», una pieza por completo autobiográfica que escribí hace un rato, a las siete y media de la tarde (ahora es casi medianoche):

LA BALADA DEL PULPO TRILINGÜE

Su cuerpo es azul claro y cien por ciento poliéster. Es un pulpo bienhumorado e inocentón, de sonrisa genuina. Sus cejas son verdes, al igual que el par de puntos ruborosos en sus mejillas. Pesa 194 gramos. Se nota que es inteligente, como son casi todos los pulpos, por lo demás. En el cuello lleva una humita azul y en la cabeza una gorra de marinero ladeada coqueta y ligeramente hacia la izquierda. Si uno aprieta la cabeza del animal (que es pequeña, pero enorme en relación con su cuerpo) suena una melodía (de Bach, estoy casi seguro); en rigor son cuatro melodías (las cuatro de Bach, creo): para pasar de una a otra es necesario volver a pulsar la cabeza del pulpo.

Hay muchísimo que decir sobre sus tentáculos, que llevan sendas imágenes bordadas en ocho colores. Al presio-

129

narlos emerge una sorpresiva voz femenina que recita los respectivos nombres de esos colores. Eventualmente, tras digitar cientos de veces cada tentáculo, mi hijo ha de conciliar lo visual y lo sonoro, hasta conseguir la plena identificación cromática. Y quizás luego también podrá identificar esos colores en francés y en inglés, porque un interruptor localizado en la cabeza del molusco permite que el pulpo de ocho colores logre también expresarse en esas lenguas.

Enseguida una breve descripción de la voz femenina hispanohablante:

¡Azul! La voz del pulpo pronuncia la palabra *azul* con entusiasmo, sutileza y una cuota de asombro, como si hubiera olvidado el nombre del color y acabara de recordarlo. Por cierto, el seseo de la voz hace pensar que se trata de un pulpo latinoamericano.

¡Verde! Hay entusiasmo en la voz del invertebrado, pero también majadería, como si pretendiera dejar en claro que estamos hablando de ese color y no de otros. La pronunciación labiodental de la *v* se hace un poco ridícula, puesto que, como señala la Real Academia Española en diversos documentos, «no existe en español diferencia alguna entre la pronunciación de *b* y *v*».

¡Amarillo! No estoy seguro de si hay o no ternura de parte del pulpo al pronunciar esta palabra. La voz suena esforzada, inauténtica, mecánica.

¡Marrón! La voz del pulpo se vuelve inesperadamente sensual. Por otra parte, entiendo que en Latinoamérica llamamos *café* y no *marrón* a este color. La apuesta por el español peninsular provoca confusión considerando el mentado seseo

130

en la palabra *azul*. ¿Se trata acaso de un pulpo de las islas Canarias, de Andalucía?

¡Blanco! Se marca demasiado la bilabialidad de la *b* inicial, probablemente para contraponerla a la (absurda) labiodentalidad de la *v* en *verde*. Hay que consignar aquí un matiz desagradable, medio ominoso, de la voz.

¡Rojo! Es graciosa la pronunciación de esta palabra, como si el cefalópodo dudara; como si estuviera adivinando más que afirmando el nombre del color.

¡Morado! Pronunciación diría que neutra, quizás levemente asombrada.

¡Anaranjado! Inexplicablemente, al llegar al tentáculo naranja surge la desangelada voz de otra persona. A ver si se entiende (me cuesta entenderlo a mí y por lo tanto explicarlo): los ocho tentáculos del pulpo están asociados a ocho colores, siete de los cuales son declamados por una cierta o incierta voz femenina (llamémosla, en honor a la proveedora del regalo, Margarita), pero al pulsar la pata que corresponde al naranja o naranjo o anaranjado, o comoquiera que se llame ese controvertido color, surge una voz diferente, que no transmite ningún entusiasmo y que más encima es evidentemente extranjera (llamemos Barbra a su propietaria). *Anarrranjadou*, dice Barbra, incapaz de camuflar su problemática pronunciación de la *r* y de la vocal *o*.

No tengo más remedio que trajinar con suma cautela la abertura posterior de la cabeza del pulpo para cambiar al bicho de idioma. Los ocho colores en lengua inglesa son recitados por la voz de otra mujer, llamada Margaret, y lo

131

propio sucede en lengua francesa con la graciosa Marguerite. Las voces de Margarita, Margaret y Marguerite son manifiestamente distintas y corresponden a respectivas hablantes nativas de español, inglés y francés. Y por supuesto ni Margaret ni Marguerite son responsables de la irritante voz de Barbra.

La siguiente es mi idea de los hechos. Esa mañana Margarita llegó temprano al estudio, recitó alegremente sus ocho colores y, como no tenía más planes para el resto del día, decidió esperar a Margaret y Marguerite, porque son amigas, no sé en qué lengua se comunican, pero estoy casi totalmente seguro de que son amigas o al menos leales compañeras de trabajo. Margaret dijo sus líneas o sus palabras –sus ocho líneas de una palabra cada una–, luego vino el turno de Marguerite, y enseguida las tres se perdieron por alguna populosa calle de Beijing o de Shanghái (si nos regimos por la etiqueta del pulpo, marca Baby Einstein, todo esto sucede en China) en busca de un café donde sentarse a copuchar. Y entonces alguien de la productora escuchó las grabaciones y descubrió que en vez de *anaranjado,* como estaba previsto, Margarita había dicho *naranja* o *naranjo* y a esa persona de la productora esto le pareció gravísimo: llamó a Margarita enseguida, cuyo celular estaba sin pila, y al funcionario ni se le ocurrió contactar a Margaret o a Marguerite, pues no pensó que eran amigas (la idea misma de la amistad le resultaba confusa). El personal completo de la productora se volcó en la búsqueda desesperada de alguna hablante nativa de español, pero no parecía haber en toda la inmensa China nadie capaz de pronunciar con naturalidad la palabra *anaranjado.* Lo mejor que pudieron encontrar fue una empeñosa locutora que acabó por arruinarlo todo, pero por supuesto esto no es responsabilidad de

Barbra. Qué injusto, qué cobarde sería echarle a Barbra toda la culpa.

Decidido a olvidarme de este asunto, pongo al chilpayate en el canguro y salgo a caminar. Lo siento acomodarse en mi pecho, se queda dormido. En el súper compro cuatro jícamas y cinco mameyes y pienso que estoy a siete mil y tantos kilómetros de mi país y que en mi país no hay jícamas ni mameyes y que para mí ahora sería terrible vivir en un país sin jícamas ni mameyes.

Ya estoy en casa, en la mecedora. El niño sigue dormido en mi pecho. Está resfriado, así que suelta unos minirronquidos de lo más graciosos. Mi esposa se estira en la alfombra, le duele la espalda. De qué color son los mameyes, le pregunto. Color mamey, me responde. El niño se arremolina en mi pecho, medio inquieto, próximo a despertar.

Al echarse en el sofá para leer una novela, mi esposa acciona sin querer (supongo) el pulpo, que al tiro suelta una de sus majaderas melodías. Jazmina lo apaga y entonces pienso que me identifico con ese pulpo. Con su tentáculo estropeado. Pienso que soy ese tentáculo. Eso soy para mi hijo, pienso, con saludable, con alegre dramatismo: un tentáculo que habla medio raro, una patita extranjera. Justo entonces el niño despierta y me mira soñoliento pero sonriente, como diciendo, como diciéndome: *anarrranjadou*.

AGRADECIMIENTOS

Versiones preliminares de algunos textos de este libro aparecieron en *Revista Chilena de Literatura, Dossier, Qué Pasa, Revista de la Universidad de México, Pie de Página* y *El Tiempo.* El mejor amigo de estas páginas ha sido el editor Andrés Braithwaite: sin su participación, el libro sería escandalosamente distinto (o no sería). Agradezco a las siguientes personas, que leyeron borradores de uno o de más de uno o de todos los textos aquí incluidos: Andrés Anwandter, Guillermo Astigarraga, Jorge Comensal, Alejandra Costamagna, Diego Fonseca, Natalia García, Laura Gentilezza, Leila Guerriero, Pedro Mairal, Ricardo Martínez, Megan McDowell, Lina Meruane, Guadalupe Nettel, Cristián Ortega Puppo, María Paulina Ortiz, Rodrigo Rojas, Samanta Schweblin, César Tejeda, Jacques Testard, John Wray y Diego Zúñiga.

ÍNDICE

I. AUTORRETRATOS HABLADOS
Cuaderno, archivo, libro   11
El niño que enloqueció de amor   28
Tema libre.   37

II. ROPA TENDIDA
La novela autobiográfica   53
El amor después del amor   56
El cíclope   68
Penúltimas actividades   71

III. LÉXICO FAMILIAR
Por suerte estamos en México   77
Así que esto es un terremoto   81
Traducir a alguien (I)   89
Traducir a alguien (II)   109

Agradecimientos   135

Impreso en
Black Print CPI Ibérica, S. L.,
Torre Bovera, 19-25
08740 Sant Andreu de la Barca